**ALBATOR
OU
LA DESTINEE...**

ALBATOR
OU
LA DESTINEE...

Marie SOUTON

©2022, Marie SOUTON
Édition : BoD - Books on Demand, info@bod.fr

Impression : BoD – Books on Demand,

In de Tarpen 42, Norderstedt (Allemagne)

Impression à la demande

ISBN : 978-2-3224-5998-8

Dépot légal : Octobre 2022

Photo de couverture : SOUTON Marie
Modifiée par Sandra PARIS

A mes héros,
Albator, Ulysse et mes parents.

Fin des années 70, dans une émission télévisée.
Le journaliste: "Quel est le dernier film que vous ayez vu ?"
Robert Badinter : "Le livre de la jungle…
Et j'ai remarqué qu'on ne tuait même pas le tigre.
C'est quand même une attention délicate,
ça m'a fait plaisir…"

> "Lire, c'est être, savoir et s'informer
> mais aussi le premier acte militant."
>
> Marie SOUTON

I

Je m'appelle Ulysse.
Du moins, c'est le nom que ma famille, que j'ai dû quitter pour je ne sais quelle raison, me donnait.
Je suis un lapin nain, plus précisément un lagomorphe...
Voilà que je me mettais à dire des mots que je ne connaissais pas...
Un afflux ininterrompu d'informations envahissait mon esprit...

Je m'appelle Ulysse. Je m'appelle Ulysse.
Je me le répétais pour ne pas l'oublier.
Je n'avais aucune idée d'où je me trouvais et j'avais peur de perdre mon identité.

J'avais les pattes toutes engourdies.
Et au loin, j'entendais la voix d'un homme qui chantait.
Je savais que c'était une langue différente de celle que parlaient mes maîtresses mais je n'avais aucune difficulté à

en comprendre les paroles...

[...] We all are one, we are the same person
Nous sommes tous un, nous sommes la même personne
I'll be you, you'll be me (Oh, yeah)
Je serais toi, tu seras moi (Oh, ouai)
We all are one, same universal world
Nous sommes tous un, même monde universel
I'll be you, you'll be me
Je serais toi, tu seras moi [...]
(Jimmy cliff, "We are all one", 2003)

Hum...

Sympa comme chanson... La situation aurait été autre, je me serais même mis à me trémousser...

Mais pour l'heure...

Quel était cet endroit ?...

Une vive lumière blanche m'avait brûlé les yeux. J'avais alors eu le réflexe de les refermer.

Sentant, à travers mes paupières, que la lueur était devenue moins forte, j'avais décidé de m'assurer de ce qui se passait réellement.

J'ouvrais de nouveau les yeux.

Un grand couloir étroit, faiblement éclairé, se tenait devant moi mais aussi, derrière moi.

Je ne savais pas quelle direction prendre car il ne semblait pas y avoir d'issue.

Je décidais donc d'aller droit devant moi.

Étrangement, les mots qui me venaient à l'esprit, ne semblaient pas être les miens.

Même ma manière de bouger était différente.

En jetant un coup d'œil à mes pattes, je découvrais qu'elles étaient blanches, toutes blanches…

Je m'appelle Ulysse… Je m'appelle Ulysse...

Et aussi bizarre que cela puisse paraître, l'enveloppe corporelle que j'occupais n'était pas la mienne…

Je ne comprenais rien de ce qui m'arrivait…

Je m'appelle Ulysse… Je m'appelle Ulysse et j'ai une famille, deux maîtresses et des "amis-chats".

Au loin, la mélodie tournait en boucle. "We all are one" ("Nous sommes tous un").

Je m'apprêtais à courir droit devant moi, par logique, mais subitement, je m'étais dit que ça ne servirait à rien.

Pourquoi courir quand on ne sait pas où l'on va?!!!

Alors, je m'étais arrêté pour observer l'insondable.

Tout, autour de moi, était d'un blanc laiteux, sans limite, sans que je puisse en toucher la surface ou même trouver un recoin, un rebord.

Une idée m'était alors venue à l'esprit...

« Y'a quelqu'un ?... »

Aucun écho.

Mais c'était une nouveauté pour moi : pour la première fois

de ma vie, j'avais entendu…ma voix.

Et si j'avais pu l'entendre, alors quelqu'un d'autre pouvait en faire de même.

Du coup, j'avais, de nouveau, tenté l'expérience. Ma première fois avait été un peu timide, alors je décidais d'y mettre un peu plus de cœur... et de voix.

«S'IL VOUS PLAIT !!! Y'A QUELQU'UN ?!!!!»

D'ordinaire, cette découverte m'aurait stupéfait mais dans cet endroit, c'était presqu'insignifiant…

Je ne pouvais quand même pas être le seul ici.

Par définition, si j'étais là, il y avait forcément quelqu'un qui m'observait.

«JE VOUS PREVIENS : JE NE BOUGERAIS PAS TANT QUE VOUS NE M'AUREZ PAS REPONDU !!!»

Et joignant mes gestes à mes paroles, je m'étais allongé de tout mon long, sur le ventre, de façon à tenir le plus longtemps possible, tout en étant à l'aise.

J'espérais fortement que cette stratégie allait fonctionner car je n'en avais pas d'autre...

Surtout que je n'avais pas envie de céder…

Alors que je commençais à avoir soif, de l'eau fraîche s'était présentée à moi…

J'avais raison !!! Je n'étais pas seul !!!

Il y avait vraiment quelqu'un qui m'observait !

«Allez !!! Montrez-vous qu'on aille droit au but !!!

Je sais que vous voulez quelque chose de moi. Je ne serais

pas forcément d'accord mais si vous ne vous montrez pas, vous ne saurez jamais...»

Comme j'avais compris qu'il me suffisait d'y penser pour être satisfait, je décidais d'avoir un petit creux.

Bingo !

Mon repas était plutôt diététique : Du foin frais, quelques végétaux et de l'eau... Tout tenait sur un plateau invisible.

J'aurais préféré quelques friandises colorées, mais ce n'était guère recommandé pour les lapins...

Force était de constater qu'on voulait mon bien !

Je m'installais donc confortablement pour manger, histoire de montrer à mon observateur que je n'étais pas pressé.

Les mets étaient de premier choix. C'était délicieux !

Enfin repu, j'avais baillé un peu plus fort qu'à l'ordinaire et m'étais jeté sur le côté pour me prélasser.

L'apesanteur avait pris possession de mon corps et c'était vraiment agréable de sentir toutes mes formes épousées par une invisible couverture polaire. Comme lorsque je me couchais auprès de mes maîtresses.

J'étais sur le point de m'assoupir lorsqu'une volute de fumée verte avait ondulé au-dessus de moi.

Une voix s'était, de suite, faite entendre.

« Bonjour Ulysse !

Heureux de te rencontrer !

Tu es… très rafraîchissant… si rafraîchissant !

Et quel entêtement !!!

Nous n'avons jamais vu quelqu'un avoir un tel aplomb, dès son arrivée à Jana !

Tu dois sûrement t'interroger sur les raisons de ta venue parmi nous…

Nous… »

Il était hors de question que je les laisse m'endormir avec leurs blablas. Je décidais, donc, d'interrompre leurs babillages.

« Qui êtes-vous ?!!! »

La couleur de la volute avait viré au rouge et une pression s'était faite ressentir sur moi, pour m'empêcher de parler. Mais j'avais continué, malgré tout.

« Et que me voulez-vous?!!! Et où suis-je?!!! »

Le rouge était passé au violet.

De nouveau silencieux, je m'étais mis à scruter intensément mon interlocuteur progressivement redevenu vert.

« Il est vrai que je ne me suis pas présenté.

Je suis Malaki. Je suis en quelque sorte, le…gardien de ce lieu.

Tu te trouves à Jana, plus précisément dans le Dehliz, le couloir qui mène aux autres domaines.

Je pourrais continuer à t'expliquer longuement le pourquoi et le comment de ton arrivée ici, mais vu ton impatience et ta vivacité d'esprit, tu ne verras sûrement aucun inconvénient à être initié au programme accéléré. »

J'étais sur le point d'intervenir mais Malaki ne m'en avait pas laissé le temps.

Mon esprit avait été subitement envahi d'images d'un lapin nain blanc, tacheté de noir, de ma fratrie féline sur Terre, de Loïs, de ma maîtresse.

Il était question de permutation physique entre ce lapin et moi, de cause animale, de souffrance et d'espoir.

Le lapin à qui j'avais succédé dans ma famille, avait repris sa place sous mes traits.

Il était, bien malgré lui, le chef d'un groupe de militants appelés les "Tuteurs".

Ce groupe avait des antagonistes, les "Opposants", dont le meneur était un chien arrogant qui intimidait … Albator.

C'était le nom qui m'était venu à l'esprit en voyant mon prédécesseur, plutôt réservé.

Il allait lui falloir être plus entreprenant s'il voulait changer les conditions de vie des animaux sur terre...

Je n'avais pas particulièrement souffert dans ma courte vie mais j'avais ressenti au plus profond de moi, les affres et les tourments de la vie d'Albator.

Doté d'un caractère empathique qui l'éprouvait continuellement, Albator avait été momentanément renvoyé sur Terre à l'initiative de Malaki, histoire de faire redescendre la pression. Et j'avais vraisemblablement pris sa place... ici.

Toute la vie de mon "véhicule" du moment n'avait aucun secret pour moi et pourtant, il subsistait un point obscur : je voyais Malaki mais je percevais une autre présence qui échappait à mes sens. C'était comme une forte intuition.

J'avais conscience de la puissance de cette fumée aux multiples coloris mais je sentais qu'elle n'arrivait pas à la hauteur de l'autre force.

Alors, j'avais encore interrogé Malaki, devenu bleu.

« Hum... C'est bien beau tout ça... Mais Qui êtes-vous?...

Je vous vois "Vous" mais il y a une autre entité qui m'échappe.

Qui est-ce ?... »

Mon comportement effronté n'avait pas dû plaire : la volute avait disparu sans prévenir... C'était de bonne guerre !

Qu'à cela ne tienne, ce n'était pas grave : Je poserai toutes mes questions au moment venu car je savais que je reverrai Malaki.

Toute cette nouveauté m'intriguait et ma soif de savoir avait été immédiatement assouvie par l'image d'Albator auprès de ma famille.

J'avais découvert avec stupéfaction qu'une relation particulière existait entre Xéna et Albator. Beaucoup plus forte que les liens que j'avais pu tisser avec elle.

Xéna était la plus sociable de la bande, la plus sauvage étant Athéna que j'avais tellement aimée terroriser.

J'en étais d'autant plus satisfait que mes informations m'indiquaient qu'elle avait méchamment abîmé Albator lors de son passage sur Terre, donnant encore plus de crédibilité au prénom de mon nouveau "compagnon" de vie.

Les images d'un célèbre dessin animé, présentant un pirate borgne, s'étaient présentées à mon esprit, me permettant de faire le lien entre le héros et Albator.

Mon esprit vagabondait mais je me disais quand même que c'était étrange de savoir mon corps là-bas, sur Terre et mon esprit dans ces lieux aseptisés et immaculés.

Dire qu'Albator avait investi mon corps et moi, le sien...

C'était incroyable, néanmoins comme j'arrivais à ressentir ses émotions, je ne pouvais ignorer cette réalité.

Je le sentais heureux et apaisé.

Et lui, sur Terre, était-il possible qu'il ressente aussi mes états d'âme ?...

II

J'avais décidé de profiter du temps libre, du confort et du silence dont je disposais pour m'imprégner du personnage dont je portais le nom.

Un écran, sorti de nulle part, m'avait montré l'histoire de mon prénom. Je savais maintenant lire toutes ces lettres qui composaient des mots qui, eux-mêmes, formaient des phrases, puis des textes... et se mettaient en l'occurrence au service de ma curiosité. C'était fascinant !

Donc, d'un naturel rusé, Ulysse (on disait aussi Odysséus) préférait la diplomatie à la force et cela s'avérait souvent efficace. Je n'avais jamais été exposé à une situation qui puisse confirmer cela mais ça me convenait tout à fait !!!

Je m'imaginais être le héros de toutes ses batailles lorsque j'avais été interrompu par un bourdonnement.

Encore sous l'emprise de mon personnage, je m'étais écrié de manière solennelle : « Qui ose interrompre la tranquillité de ces lieux ?!!! »

Sur fond blanc, j'avais vu apparaître des ailes, des antennes, puis un petit corps duveteux, jaune et noir, et pour terminer, un regard malicieux orné de cils...

Une abeille...

Elle s'était approchée, timidement.

« Albator ?... C'est toi ?... Je ne perçois pas ton aura ordinaire...

Mes antennes ont eu du mal à te localiser... c'était comme s'il y avait des parasites...

J'ai dû en faire abstraction pour te trouver, mais ça a mis du temps...

Albator ?... »

Je m'étais empressé de répondre.

« Mais non !!! Je suis Ulysse... »

Devant son air dubitatif, j'étais resté quelques secondes sans voix, ne comprenant pas qu'on puisse me prendre pour Albator. Mais un coup d'œil furtif, jeté à mes pattes blanches, m'avait rappelé que j'avais pris les traits de mon... comment déjà ?... Ah oui !!! Mon nouveau "compagnon" de vie.

L'abeille me regardait d'un air méfiant.

J'étais donc parti dans une explication plutôt scabreuse pour toute personne douée de raison.

« Alors, oui !!! Ça parait compliqué comme ça, mais j'ai pris l'apparence d'Albator parce qu'il est retourné sur Terre pour se reposer de la pression qu'il subissait...

Et moi, j'étais sur Terre et il a pris ma place. Et j'ai pris la sienne, ici. Tu comprends ?!!! »

L'abeille s'était approchée de moi, dard en avant.

« C'est quoi, ces salades ?!!! Il est où Albator ?!!! »

N'ayant aucune idée des conséquences de l'assaut d'une

abeille dans ce monde-là, j'avais mis tout en œuvre pour la raisonner. J'adoptais, aussitôt, une posture de défense, mes pattes avant faisant rempart et tout mon être reculant lentement mais sûrement.

« On se calme...Tu n'as pas vraiment envie de me faire mal et surtout... de perdre ton abdomen. Et puis, tu veux des réponses... »

Alors que je continuais à mettre de la distance entre nous, l'abeille s'était arrêtée net. Elle avait toujours un air méfiant mais semblait prête à m'écouter.

Rassuré, malgré tout, par cette trêve incertaine, je décidais de lui prouver ma bonne foi.

« OK. Pose-moi n'importe quelle question sur Albator !... »

Sans attendre, elle m'avait regardé droit dans les yeux.

« C'est qui sa chérie ?!!! »

J'avais répondu du tac au tac.

« Xéna ! »

Elle ne me laissait aucun répit.

« C'est quoi sa friandise préférée ? Son tic ? Le nom de la petite peste qui lui a crevé un œil ? »

Mais je m'étais plié à son interrogatoire.

« Les rebords de pizza. Il se caresse l'oreille gauche. Athéna. »

L'abeille était soudainement devenue silencieuse.

J'avais respecté son temps de réflexion et attendu qu'elle en revienne.

Après avoir virevolté un temps très court, elle s'était brusquement plantée devant moi.

« Ok, petit malin ! Tu t'appelles Ulysse. Moi, c'est L'abeille.

Qui me dit que ton histoire est vraie et que tu n'as pas usurpé son identité ?!!! »

Je n'avais pas eu à me justifier : Malaki avait pris la parole.

Cette fois-ci, pas de volute.

Juste une voix.

« Calme-toi, L'Abeille. C'est à notre initiative qu'Albator est retourné sur Terre.

La pression que Dieu avait exercée sur lui, l'avait un peu... déstabilisé.

Nous avons donc décidé qu'une pause lui serait bénéfique.

Normalement, nous n'accordons pas ce genre de faveur mais il en avait fait la demande et ça semblait vital pour lui... et pour Nous.

Alors, voilà... Ulysse te dit la vérité. C'est son corps qui a servi de véhicule à Albator pour qu'il puisse retrouver les siens et se ressourcer. »

Une fois ces explications données, L'abeille m'avait tendu l'extrémité de sa patte crochue.

« Enchantée !!! Bienvenue !!! Tu sais... je suis d'un naturel protecteur... et Albator est mon ami. »

Soulagé, j'avais accepté ses excuses déguisées.

« Pas de problème !!!

En tout cas, tu es une amie impitoyable ! J'espère ne jamais être ton ennemi!!! »

A ces mots, elle m'avait toisé, avec défiance, pendant quelques secondes, histoire de me faire comprendre que ce serait à mes risques et périls.

De nouveau, nous étions seuls : le vide ambiant confirmait le départ de Malaki.

Maintenant que tout était clair entre nous, il était impossible d'arrêter le flot de paroles de L'Abeille.

Elle parlait du domaine de Jana qui comprenait Estrah, le paradis des animaux terrestres et marins; Moonrak, réserve des animaux en voie de disparition ou disparus sur Terre et le domaine des Exécutants, section animaux terrestres et marins militants…

J'écoutais attentivement son inventaire car très peu d'informations m'avaient été transmises à ce sujet.

Je devais avoir un air plus qu'interrogateur car elle avait stoppé son monologue.

« T'inquiète ! T'auras une visite guidée comme tout le monde ! Je m'en occuperai comme pour Albator !!! A plus tard !!! »

Cette fois, j'avais écarquillé mes yeux et bondi comme un diable.

« Quoi ?!!! Qui ?!!! C'est qui "tout le monde" ?!!! »

Mais L'abeille était partie sans avoir entendu mes questions.

Évidemment, cette donnée avait attisé ma curiosité. Il y avait donc un monde que je pouvais côtoyer, ici… à Jana.

Les mondanités n'étaient pas ce que je préférais car ma maîtresse qui était une amoureuse de la quiétude, nous avait habitués à une vie, loin de la ville et de ses tumultes.

Notre univers était constitué du ciel à perte de vue, de sapins, d'arbres fruitiers que nous pouvions contempler, depuis une terrasse aménagée de telle sorte à pouvoir se prélasser à longueur de journée.

Mais là, c'était différent. J'avais hâte de découvrir ce monde et de quitter cette vie d'ermite !

J'étais tout à ma rêverie de rencontres et de paysages inédits lorsque mon esprit avait été assailli par des images qui arrivaient par bribes furtives et saccadées. Cette intrusion était épuisante et je ne pouvais pas la contrôler.

Mes idées retrouvées, je faisais le tri de ce que j'avais réussi à entrevoir dans ce qui ressemblait à des visions.

Dans une pièce blanche éclairée par une lumière aveuglante, des soignants et des médecins s'affairaient autour d'une femme qui subissait des douleurs, à priori, atroces. Son corps avait fini par trembler et lâcher sous le coup du mal dont elle souffrait.

Puis soudain, un trou noir qui semblait me happer sans que je puisse réagir.

J'avais vu ma maîtresse en pleurs, entourée de sa famille, au chevet d'une femme plus âgée qu'elle, cette même femme qui était à l'agonie.

J'avais reconnu son frère, sa sœur et supposé que la femme

alitée était leur mère dans la mesure où je retrouvais en elle des points communs à chacun d'eux : ma maîtresse avait ses tâches de rousseur, le frère, ses cheveux bouclés et la sœur, ses expressions.

La mère portait sur le visage, le masque de la mort : un teint cireux, détendu mais figé à jamais.

Une grande tristesse émanait de la pièce et elle me déchirait le cœur. J'étais submergé par l'émotion.

Aussi fugaces qu'elles puissent être, j'avais su percevoir les détails importants de ces images.

Et une inquiétude avait commencé à me gagner.

Etait-ce une vision prémonitoire ?...

Je n'arrivais pas à me défaire de la peine de ma maîtresse.

Rien ne me consolait. Je n'avais pas envie de manger, ni même de boire.

La lassitude s'était emparée de moi et m'anéantissait.

J'étais au summum du spleen quand Malaki, dans une dominante bleue, avait fait son apparition.

"Bonjour, Ulysse…

Nous surveillons attentivement les nouveaux arrivants et j'ai perçu ton abattement alors que j'étais éloigné du domaine de Jana.

Que se passe-t-il ?... Je n'arrive pas à déterminer la cause de ta peine…"

J'avais fait le récit de mes visions à Malaki.

En les lui rapportant, je m'étais rendu compte du bienfait de ma confidence. M'épancher me permettait d'alléger ma mélancolie.

Mais la souffrance était toujours présente.

Guidé par mon tout nouvel amour pour ma maîtresse, une idée m'avait traversé l'esprit.

De suite, je la partageais avec Malaki.

« Je sais que j'ai ressenti les émotions de ma maîtresse.

Je ne sais pas pourquoi mais je serais incapable de la voir endosser une telle souffrance.

Bien sûr, la mort est un processus naturel mais ne pourrait-on pas retarder cette tragédie ?... »

La volute avait alors migré vers des teintes orangées.

« Je comprends ta peine mais pour pouvoir agir ainsi, il faudrait maintenir l'équilibre de la vie et de la mort. Retarder le décès de cette personne implique de sacrifier une autre vie. »

J'avais interrompu Malaki qui n'avait pas viré au rouge, comme à chaque fois où j'étais insolent, mais au bleu orangé.

« Prends ma vie !!! »

Malaki avait cherché à modérer mon enthousiasme.

« Il faut donner du temps au temps. Ça fait partie du processus de deuil.

Et puis, tu ne peux pas prendre cette décision sans l'accord d'Albator qui se trouve en bas. Je pense que tu as du mal à gérer les facultés qu'Albator a développées ici et qui n'ont pas quitté le corps que tu habites momentanément.

Son don d'empathie est trop fort pour toi, par conséquent, tu n'arrives pas à le contrôler. Je comprends d'ailleurs, maintenant, le besoin qu'il avait de faire une pause.

Sois donc patient. Albator reviendra bientôt et tu reprendras ta place sur Terre... »

Les mots de Malaki ne me détournaient pas de mon objectif.

« Albator serait d'accord avec moi. Il ne supporterait pas de voir sa maîtresse souffrir. »

S'il y avait une chose dont j'étais sûr, c'était bien de ça.

« Je pense que le temps est compté et qu'il ne faut pas tarder à agir.

Malaki ! Vois ce que tu peux faire !!! S'il te plait !!!

Même s'il faut me sacrifier, je suis prêt !!!

Après tout, maintenant, je sais que je reviendrai ici.

Je ne serai plus sur Terre mais je serai toujours ici.

Je pourrais faire connaissance avec Albator... »

Je réalisais alors que j'occupais le corps de mon compagnon et que nous étions plus proches que n'importe quels êtres auraient pu l'être. Je connaissais tout de lui et vice-versa mais nous ne nous connaissions pas.

Malaki, lui, tentait de me faire entendre raison.

« Ecoute Ulysse… Je vais me renseigner mais je pense que tu agis trop sous le coup de l'émotion. Essaie de te calmer. »

III

I needed the shelter of someone's arms and there you were
J'avais besoin du refuge des bras de quelqu'un et tu étais là
I needed someone to understand my ups and downs
J'avais besoin de quelqu'un qui comprenait mes hauts et mes bas
And there you were
Et tu étais là
with sweet love and devotion
Avec de l'amour tendre et de la dévotion
Deeply touching emotion
touchant profondément mon émotion
I want to stop and thank you baby
Je veux m'arrêter et te remercier chérie
I just want to stop and thank you baby
Je veux seulement m'arrêter et te remercier
How sweet it is to be loved by you
Qu'il est bon d'être aimé par toi
How sweet it is to be loved by you
Qu'il est bon d'être aimé par toi [...]
(Marvin gaye,"How sweet it is to be loved by you", 1964)

La musique envahissait toute la pièce et mon cœur.

J'avais remarqué que je continuais à comprendre les paroles des mélodies mais qu'à contrario, j'avais perdu mon extrême empathie. Et ce n'était pas pour me déplaire : je me sentais léger et jouissais tout simplement du moment présent.

J'étais le plus heureux.

Ma Grande Maîtresse s'activait dans la cuisine et toute ma troupe et moi-même étions sur la terrasse à profiter des doux rayons du soleil.

Ventre à terre contre le sol, je contemplais les jardins environnants et le ciel bleu, sans nuage, au-dessus de nos têtes.

Des effluves d'herbes fraîchement coupées me chatouillaient les narines et le chant des oiseaux nous parvenait par-dessus la musique, histoire de nous rappeler que la Nature pouvait reprendre les rênes, selon sa volonté.

C'était parfait. Nul besoin pour moi d'avoir plus.

Je n'avais même pas à bouger pour voir ma Douce.

Elle était à mes côtés, les yeux fermés et la tête légèrement en avant, signes de détente absolue chez elle.

Je lui avais dit que mon séjour serait de courte durée et j'avais cette impression qu'elle tentait de profiter pleinement des instants passés avec moi.

Je n'avais aucune idée du temps qu'il me restait à passer ici-bas mais je ne voulais pas y penser.

Les journées s'écoulaient, paisibles et reposantes, avec des nuits aussi douces et étoilées que dans mes souvenirs.

Parfois je pensais à Jana où il était impossible de distinguer le jour de la nuit, le matin du soir, me donnant toujours cette sensation d'éternité. Et franchement, ça ne me manquait pas.

Seuls les bavardages et la bonne humeur de L'abeille auraient pu me donner quelques regrets mais je savais que je la retrouverais tôt ou tard.

Le soleil avait commencé à décliner et l'heure du repas était arrivée.

Coco s'était rué vers la cuisine, au premier bruit de gamelle, suivi de près par Xéna et Seya, plus modérés dans leur ardeur.

Athéna était restée sur la table de jardin, le regard vers l'horizon.

Les relations entre elle et moi avaient changé.

Même si elle n'était pas une grande bavarde, elle discutait volontiers.

Elle mesurait sûrement la différence qu'il y avait entre Ulysse et moi. Si j'avais tenté de la connaître au risque d'en perdre la vue, lui s'était refusé à être malmené.

Coco m'avait rapporté la constante pression que mon successeur faisait subir à Athéna.

Il était toujours à la "courser", ne lui laissant aucun répit : elle avait fini par ne plus quitter les chambres ou sinon, par vivre en hauteur, dans le salon.

Elle appréciait donc ma bienveillance et le répit que la situation lui offrait.

Au début, je lui avais demandé pourquoi elle n'allait pas partager le dîner avec les autres. Sa réponse avait été sans détour.

« J'aime pas ! Ça me donne la nausée, cette nourriture !!! Et puis, je sais pas trop ce qu'il y a dedans… Alors, je préfère m'abstenir…

Et toi, t'y vas pas ? Dans le temps, tu raffolais de la pâtée et des croquettes… »

C'était l'une des autres particularités de mon séjour : je n'étais plus moi, mais Ulysse.

Mes amis avaient du mal à concilier la personnalité d'Ulysse et la mienne en seul corps. Alors, je devais constamment leur rappeler que j'étais un mélange des deux.

« Ulysse n'aime que le foin. J'ai bien tenté de me mettre à la pâtée parce que ça me fait, malgré tout, envie mais ça m'a aussitôt écœuré… Par contre, il aime beaucoup les granulés colorés, alors, du coup, j'aime ça. Mais ça, c'est plutôt moyen… C'est pas trop conseillé pour les lapins… »

Athéna avait hoché la tête, le regard toujours fixe.

Le reste de l'équipe était revenu, la bedaine pleine et se pourléchant les babines de contentement.

Chacun avait repris sa place et se toilettait maintenant méticuleusement.

C'était le rituel de chaque soir : rassurant et réconfortant.

Je ne m'en lassais pas.

Xéna était allongée sur le flanc, les yeux mi-clos, ramenant sans cesse sa patte droite de l'arrière vers l'avant de son oreille, après l'avoir léchée.

Seya, assis et droit comme un "i", dans une éternelle attitude princière, en faisait de même.

Seul Coco s'affaissait de tout son long, complètement abasourdi par la digestion, un œil fermé et l'autre entrouvert laissant apparaître sa troisième paupière atrophiée.

L'air était merveilleusement doux et la caressante lumière du soleil couchant tombait sur la terrasse. Au loin, dans le jardin du voisin, on entendait le chant des grenouilles. Tout était, décidément, délicieusement parfait.

Dans l'alternance de ces petits moments de bonheur, je n'avais pas oublié que mon séjour ne serait pas éternel et que je devais le mettre au profit de mes recherches sur la question de la poule.

Ce serait sûrement beaucoup plus facile d'avoir des réponses ici-bas que là-haut.

J'avais donc, régulièrement, usé de la nuit pour visionner les livres qui auraient pu m'aider à résoudre l'énigme.

A chaque fois, le challenge résidait dans le fait de ne pas réveiller les maîtresses.

Chacun avait son rôle.

Seya, grâce à son passé d'ancien "cambrioleur", s'était distingué, de façon magistrale, dans l'art d'ouvrir la porte de ma cage, sans un bruit.

A son arrivée dans notre famille, il avait eu pour habitude de subtiliser les bijoux des maîtresses et de les dissimuler dans son couffin.

Un jour de grand ménage, le pot aux roses découvert, il s'était vu destitué de son butin. Mais à sa grande surprise, aucune remontrance ne lui avait été faite. Au contraire, la Grande Maîtresse s'était assurée qu'il ne recommence pas en lui laissant le bijou qui avait le plus d'éclat, un pendentif serti de cristaux semblables à des diamants.

Seya l'avait compris et cela avait mis fin aux vols répétitifs car, selon lui, le plaisir n'y était plus.

Néanmoins, une nouvelle passion avait vu le jour en lui : les fils de chargeurs téléphoniques qu'il aimait sectionner grâce à ses canines, avec une grande précision.

Tous ces petits délits caractérisaient bien Seya : son habilité et son sens du détail en faisaient une vraie patte de velours.

La Grande Maîtresse ne fermait jamais la trappe du dessus de ma cage, alors notre "gentleman cambrioleur", une fois la maisonnée endormie, y glissait subtilement sa patte, puis sa tête et son corps pour la maintenir ouverte.

Pendant ce temps, je montais sur la plate-forme où je dormais d'ordinaire, pour pouvoir d'un bond m'extraire de mon logis. En quelques minutes, le tour était joué : j'étais libre comme l'air.

Et tout cela, en silence !

Aidé de Coco, j'avais réussi à consulter les ouvrages des étagères les plus hautes des bibliothèques. Agile, il sortait chaque livre, quel qu'en soit son emplacement, en suivant les indications de mon regard. S'il était l'incarnation même de la folie en pleine journée, la nuit c'était, purement et simplement, celle du self-control.

Passés les classiques de Balzac, Baudelaire, Cocteau et Bazin, j'avais fait l'impasse sur les histoires fantastiques d'Anne Rice et ne m'étais pas risqué à consulter les manuels de soins infirmiers et des processus psychopathologiques.

J'étais presque découragé lorsque "Le livre secret des fourmis" de Werber avait attiré mon attention.

Comme l'indiquait le sous-titre, c'était l' "Encyclopédie du Savoir Relatif et absolu". Les coins de la couverture en étaient grignotés et Coco m'avait confirmé que c'était bien l'œuvre d'Ulysse...

Totalement blasphématoire, comme comportement !!!

Les livres étaient faits pour être lus et respectés !!!

C'était de la nourriture pour l'esprit et non pour notre estomac !!!

Heureusement le contenu était indemne...

J'y avais trouvé un chapitre fantaisiste sur la création des planètes qui me faisait penser que l'énigme de la poule était un stratagème visant à nous faire réfléchir sur notre condition. Je dis "fantaisiste" car la naissance des planètes était présentée comme une savante recette de cuisine.

En effet, on pouvait y trouver les éléments indispensables pour obtenir une planète, portant la vie : ingrédients, température, temps de cuisson étaient indiqués pour mener à bien l'expérience.

J'avais immédiatement partagé avec Xéna, mon enthousiasme pour ce point de vue sur les origines de la vie car le concept était amusant mais néanmoins, basé sur des données scientifiques.

Et puis, surtout, je sentais que je touchais au but. Je ne savais toujours pas où allait nous mener cette question, pourtant, j'avais cette intuition que la réponse nous tendait les bras. Elle s'était confirmée lorsque le regard de ma douce avait étincelé de mille feux, en entendant l'approche de Werber.

Malheureusement nous avions dû suspendre nos recherches : les premières lueurs du jour commençaient à percer et nous devions reprendre nos places d'animaux domestiques.

La nuit d'après, sur les conseils de Xéna, nous étions partis à l'assaut de la télévision. Ma douce connaissait tous les secrets de la télécommande et avait mis le son au plus bas. Après avoir navigué sur les différentes interfaces, elle était entrée dans la rubrique "Enregistrements" de la Grande Maîtresse.

« Je crois me souvenir qu'elle a gardé un reportage, sur

notre monde, qui la fascine. »

Un coup d'œil jeté à l'horloge numérique nous indiquait que nous étions en début de nuit et que les maîtresses traversaient probablement leur phase de sommeil profond.

Le documentaire, lui, durait moins de deux heures, ce qui nous laissait le temps de le visionner tranquillement et d'en tirer nos conclusions.

Une horde de scientifiques y vantaient l'unicité de la Terre, planète de la vie. Ils nous apprenaient que celle-ci, vieille de quatre milliards d'années, trouvait son origine, dans une "*succession de coups de pouce, de coups de chance et de cataclysmes bénéfiques*" se combinant à merveille pour donner la vie, de manière parfaite.

C'était passionnant et j'avais le fort pressentiment que j'allais trouver la solution à mon énigme.

On nous rappelait que la vie sur Terre était sûrement exceptionnelle car, peut-être, présente uniquement à cet endroit de l'univers.

C'était grisant de nous savoir si extraordinaires et en même temps, triste de voir ce que l'être humain faisait de cet ensemble si remarquable.

Comment moi, un simple lagomorphe, je pouvais être béat d'admiration devant l'osmose entre lune et volcans, devant l'intelligence de certains micro-organismes ?... Et pas l'Homme ?...

Comment ne pouvait-t-il pas être contemplatif devant cet

heureux hasard de trajectoire entre Jupiter et Saturne, appelé "*migration planétaire*" ?...

Tout avait concouru à la création de la vie sur Terre.

Les volcans qu'on a tendance à réduire à des éruptions de lave, avaient aussi contribué au processus, grâce à la vapeur d'eau qui s'en était dégagée, pour se loger, par la suite, dans les profondeurs de notre planète.

Par je ne sais quel miracle, des pluies diluviennes ininterrompues avaient donné des océans qui auraient pu geler et rester à l'ère glaciaire si les volcans n'avaient pas contribuer à réchauffer la planète et à recracher des gaz. C'était les premiers effets de serre, aujourd'hui si néfastes, mais à l'époque, ils étaient le juste dosage pour créer la vie.

Plus les images défilaient et plus le documentaire devenait compliqué : il était question de"*tectoniques des plaques*", de collision avec une autre planète, Téïa, qui aurait permis d'irriguer les profondeurs de notre planète.

De cet événement, était née la Lune qui avait exercé des effets de marées et favorisé l'évolution biologique...

Mon esprit avait commencé à s'embrumer sous le coup de tant de termes techniques et ma concentration à décliner.

Je décidais de faire une petite pause : je m'étais désaltéré à la fontaine des chats puis planté, devant la baie vitrée, pour admirer le ciel étoilé bleu nuit. Les températures étant clémentes, la Grande Maîtresse ne fermait pas entièrement le store et la porte-fenêtre. Une brise légère me parvenait donc, aérant, par la même, mes neurones.

Xéna s'était endormie, roulée en boule, une patte sur ses yeux, pour mieux se protéger de la luminosité de l'écran.

Athéna avait, entre-temps, pris le relais concernant les fonctionnalités de la télécommande et s'assurait régulièrement que les maîtresses dormaient profondément.

De retour devant le téléviseur, j'avais vite subi les assauts de la fatigue.

Alors que je m'étais assoupi, j'avais senti mon ancienne ennemie me donner des coups de tête pour me réveiller... au bon moment.

La voix off du documentaire nous racontait que la vie biologique avait dû se former aux abords des volcans dans des flaques, mélange idéal d'eau, de chaleur et d'éléments chimiques terrestres, offrant de multiples combinaisons, pendant des centaines de millions d'années jusqu'à la création de la première cellule. Enfin, on y était arrivé !

Par déduction, j'avais résolu l'énigme : je m'étais dit que c'était la cellule, donc la poule ou autre organisme vivant, qui était venu en premier, et non l'œuf puisque c'était un minéral et un réceptacle de la vie.

Mais ce qui avait le plus retenu mon attention, c'était les mots de la biologiste Purification Lopes Garcia : "*La vie s'est diversifiée énormément mais à partir d'un seul ancêtre commun universel. Peut-être qu'au départ, il y a eu plusieurs départs de vie, timides, balbutiants, mais il y a eu un moment donné où il y en a eu un qui a eu le dessus et ça on le sait parce que même si on est fasciné par l'incroyable diversité des êtres vivants, des animaux et des plantes, et l'énormissime variété et diversité des organismes et bien, ils ont tous quelques caractéristiques qui sont communes. On est basé sur la même biochimie, on a tous de l'ADN comme matériel génétique et on est basé sur les mêmes protéines.*"

Un autre savant, Michel Viso, avait fini de me toucher au plus profond de mon cœur, par ces mots si simples : "*Tout ce qui sert aussi bien dans les bactéries, dans les champignons, dans les oiseaux, que dans les baleines ou dans les plantes, tout ça, c'est fait avec les mêmes choses. Nous sommes tous frères. De la plus petite des bactéries à la plus belle des girafes.*"

Xéna, sortie de ses rêves, avait posé sa patte blanche et immaculée sur la télécommande pour interrompre le documentaire.

Nous étions tous là, tous les cinq, à fixer l'écran, abasourdis devant cette révélation.

C'est Athéna qui avait mis fin à notre silence.

«Je crois que Dieu est un grand malin. Il a utilisé la question sur la poule comme subterfuge pour démontrer le lien intrinsèque entre l'Homme et l'Animal. Nous ne sommes qu'un et quand nous faisons du mal à l'autre, c'est nous-même que nous blessons.»

Coco avait acquiescé dans un hochement de tête.

Le jour commençait à se lever et le temps était venu pour chacun de nous de retrouver notre place.

Je m'étais, de nouveau, installé dans ma cage, regardant Seya effectuer des gestes précis pour la refermer.

Longtemps, toute la tribu et moi-même étions restés prostrés, partagés entre la sidération et le ravissement.

J'étais fière de nous, une équipe aussi improbable fut-elle, détentrice désormais non pas d'une solution mais d'un talisman.

Dieu pouvait me ramener à Lui. Je me sentais invincible.

Je m'étais attendu à ce que la chanson de Jimmy Cliff envahisse la pièce mais rien ne s'était passé.

Alors j'avais fredonné intérieurement.

[...] We all are one, we are the same person
Nous sommes tous un, nous sommes la même personne
I'll be you, you'll be me (Oh, yeah)
Je serais toi, tu seras moi (Oh, ouai)
We all are one, same universal world
Nous sommes tous un, même monde universel
I'll be you, you'll be me
Je serais toi, tu seras moi [...]
(Jimmy cliff, "We are all one", 2003)

IV

Après cette nuit, je savais pertinemment que mon temps était compté parmi les miens.

Je n'avais aucun doute sur le fait que je ne pouvais rien cacher à Dieu et qu'il était déjà au courant de notre découverte. Aussi, j'avais progressivement prévenu les miens que j'allais sûrement les quitter d'ici peu.

En entendant mes mots, le regard de Xéna, pourtant si clair et toujours parsemé d'éclats dorés, s'était assombri. Elle savait, depuis le début, que je devais repartir mais ne s'y résignait qu'avec difficulté.

A partir de ce moment, nous n'avions fait qu'un, dans mes moments de liberté comme dans ceux de repos dans ma cage, même si la grille nous séparait.

J'avais profité de ces derniers instants pour aguerrir la troupe féline face à leur ennemi numéro un : l'aspirateur.

Si la récente découverte avait foncièrement changé ma famille, elle n'en restait pas moins apeurée par ce "monstre", mangeur de poussières !

J'avais tenté de rassurer mes amis en leur démontrant que ce n'était qu'une simple machine, dépourvue d'intelligence et alimentée par de l'électricité mais le bruit assourdissant qui s'en dégageait, suffisait à anéantir, en moins de deux, mon argumentation.

Coco continuait à fuir, les yeux exorbités. Athéna se terrait dans sa boîte factice de sardines. Et Seya allait se cacher en haut de l'armoire.

Seule Xéna avait fini par braver l'appareil : pendant la séance de ménage, elle était restée allongée sur le bras du canapé, prête à détaler en cas de besoin.

Une fois l'aspirateur rangé, elle avait paradé, la tête haute, sous le regard médusé de toute la troupe.

Le temps s'écoulait, doux et léger, sans souci.

Et puis un jour, j'avais senti comme un souffle léger sur moi.

Je m'apprêtais à prendre le frais dans mon clapier, cette antre où je pouvais, depuis le deuxième étage, observer ma famille féline se prélasser. C'était comme mon phare.

Je me trouvais là, empli de sérénité et tout à ma contemplation, goûtant cet éternel délice d'être parmi les miens, lorsque j'avais compris que le moment de partir était venu.

Ne sachant pas quand j'allais revoir ma douce, alors qu'une force invisible m'avait mené, une dernière fois, vers une Xéna somnolente, je lui avais murmuré ces quelques mots en pensant à ceux de Victor Hugo.

«Je ne suis plus là où j'étais, mais je suis partout là où tu es. Je t'aime.»

J'avais hésité l'espace d'une seconde à lui faire ma déclaration mais l'heure n'était plus aux jérémiades.

Mon cœur était prêt à exploser sous le coup de l'aspiration

que je subissais, mais peut-être également, à cause de la peine que j'avais à laisser ma famille, cette vie si paisible et insouciante, et surtout ma douce Xéna.

Comme à l'ordinaire, une vive lumière blanche m'avait brûlé les yeux, provoquant ce même réflexe de les refermer.

Sentant, à travers mes paupières, que la lueur était devenue moins forte, je décidais de m'assurer de ce qui se passait réellement.

J'avais ouvert les yeux.

Un grand couloir étroit, faiblement éclairé, se tenait devant moi mais aussi, derrière moi.

Je fermais les yeux, encore une fois, en prenant une grande inspiration, goûtant cette étrange sensation que j'avais connue lors de mon passage dans le Dehliz, le couloir qui m'avait mené à la première assemblée.

Mon séjour terrestre était terminé et je subissais les vertiges avec résignation.

Le bourdonnement des ailes de L'abeille m'était parvenu de manière claire et distincte : j'étais arrivé à bon port...

Je retrouvais donc, une amie heureuse de me voir.

«Salut, mon pote !!! Tu m'as manqué !!!»

Elle m'avait assailli de quelques coups de tête contre l'oreille.

Bien évidemment, je n'avais pas la possibilité d'en placer une, tant son flot de paroles était intarissable.

Elle n'avait pas changé !!! Mais c'était plutôt rassurant !

Discrètement, je m'étais évertué à reprendre mon souffle, dans cet univers toujours aussi aseptisé et immaculé.

Finis les couleurs et les odeurs...

«C'est Malaki qui m'a prévenue que tu rentrais.

Tu sais, il y a de nouveaux arrivants. Il faut vraiment que tu les entendes. Ils sont complètement traumatisés par les mauvais traitements que les humains leur ont fait subir. C'est terrible !!!

Et toi ?!!! Qu'est-ce que t'as fait en bas ?!!!

Moi, j'ai essayé d'avancer sur la question de la poule mais je sais pas trop par où commencer et puis j'ai dû m'occuper de l'arrivée de nouvelles abeilles...

Et toi ?!! T'as trouvé quelque chose ?!!

Bien sûr, j'imagine que tu en as profité pour te reposer et puis surtout tu étais avec Xéna. Comment ils vont d'ailleurs tes potes ?...

En tout cas, je suis heureuse de te revoir.

C'est pas que j'aime pas être avec Ulysse mais il est moins marrant que toi !!!»

Pendant que L'abeille déroulait son interminable monologue, j'avais constaté avec surprise que l'enveloppe que je venais d'abandonner sur Terre, se tenait en face de moi, l'air penaud... juste derrière L'abeille qui ne s'était pas rendue compte qu'Ulysse était toujours parmi nous. Ici... dans le domaine des Exécutants...

Je devais lui apparaître comme sonné car il était venu vers

moi, me prenant dans ses pattes, devant une abeille stupéfaite.

«Mais…qu'est-ce que tu fais là, Ulysse ?!!!»

L'abeille m'avait enlevé les mots de la bouche.

Ulysse, un peu gêné, était parti, à son tour, dans un monologue sans fin.

«Salut, Albator ! Je suis si heureux de te rencontrer. Les maîtresses, en bas, n'arrêtaient pas de me comparer à toi. Elles disaient constamment que tu étais unique. Au début, ça m'énervait mais j'ai eu accès à toute ton histoire et franchement, tu forces mon admiration!»

En entendant ces derniers mots, L'abeille avait levé les yeux au ciel.

«C'est sûr que ça, c'est exceptionnel !... De la part de Monsieur Je sais tout !»

Alors qu'Ulysse avait tourné la tête vers elle pour la fusiller du regard, mon amie avait fait mine de n'avoir rien dit, en faisant suivre son feint étonnement, d'un sourire malicieux à mon encontre.

Mais je n'avais guère envie de plaisanter. Je me terrais donc dans mon mutisme, attendant la suite des explications.

Ulysse, mal à l'aise devant mon silence, avait tenté de reprendre son discours.

«Alors… Tu dois sûrement te demander ce que je fais là…»

Je le toisais, les pattes croisées, la mine renfrognée.

L'abeille, elle, ne pouvait s'empêcher de railler Ulysse.

«Oh, la, la… ça sent pas bon pour toi, Monsieur Je sais tout !...»

Elle s'était installée en position allongée, les pattes derrière la tête, prête à assister à la confrontation.

Mon ancien véhicule sur Terre avait avalé sa salive et continué à s'expliquer.

«Hum…alors…voilà… par quoi vais-je commencer ?...

Voilà… En fait... comme tu t'en doutes.. si tu as récupéré mon corps... j'ai forcément récupéré le tien.

Comme tu as pu le constater, tu as momentanément hérité de mes goûts, de mon énergie mais tu n'as pas emmené avec toi ce qui te caractérise vraiment ici. Je veux parler de tes dons d'empathie et de vision…

Hum… c'est moi qui en ait disposé en ton absence…»

Je n'avais pas montré mon étonnement mais...

Comment ça, vision ????

J'avais regardé furtivement L'abeille qui paraissait aussi interloquée que moi.

Cette particularité n'était pas la mienne mais sûrement celle d'Ulysse qui n'en avait pas encore conscience.

Je n'en étais pas sûr. Je décidais, donc, de ne pas l'interrompre. Son don se manifesterait bien assez tôt.

Je réalisais, peu à peu, que je ne pourrais plus voir ma douce Xéna, que les occasions de retourner sur Terre étaient réduites à néant. Car si Ulysse était avec nous, c'était bien parce qu'il n'était plus sur Terre et …mort.

J'aurais pu demander à avoir régulièrement du répit mais là, c'était peine perdue puisque je supposais que je ne pouvais permuter qu'avec un lagomorphe.

Mon seul espoir était de voir un autre lapin rejoindre ma fratrie. Mais ce serait sans compter sur la peine de ma Grande Maîtresse car elle avait attendu avant d'adopter Ulysse.

Alors que je me perdais dans les méandres de mes ruminations, Ulysse ne cessait de babiller, non sans m'irriter. Mais j'essayais de garder mon calme. Ça ne servirait à rien de s'énerver. Il me fallait juste trouver une autre solution.

Et puis après tout, nous étions à Jana. Rien n'était donc impossible...

Je pourrais, sans aucun doute, retourner sur Terre.

Signe de nervosité chez moi, j'avais commencé à me lisser l'oreille gauche, sous le regard, maintenant inquiet, de L'abeille. Je lui avais adressé un sourire quelque peu forcé qui se voulait rassurant et il avait eu l'effet escompté : elle s'était détendue.

Elle avait recommencé à observer Ulysse avec amusement : il subissait les affres de la culpabilité et se débattait comme un diable pour ne pas tomber sous mon courroux.

«C'était tellement difficile de ressentir la douleur de la maîtresse. Je n'ai pas eu la force de résister...

Alors, j'ai demandé à prendre la place de sa mère. Je lui ai offert ma vie pour éviter que la maîtresse souffre.

J'ai décidé d'endosser sa septicémie, en accord avec Malaki et... je ne sais quelle entité...

Mais maintenant que tu es revenu et que je ne suis plus sous l'influence de ton don, je sais que j'ai agi avec trop d'empressement...»

Ma colère n'était plus à son apogée. A vrai dire, l'action d'Ulysse était plutôt louable et j'aurais probablement fait comme lui, pour protéger ma Grande Maîtresse.

Au regard de ces conclusions, je me disais qu'il était temps d'abréger ses tourments.

Dommage pour L'abeille qui se régalait...

J'avais pris une grande inspiration.

«Bon...je t'avouerais qu'au départ, j'ai eu envie de t'étriper mais tu as agi comme je l'aurais sûrement fait.

N'oublie pas que tu disposais de toutes mes caractéristiques et que finalement, tu agissais en fonction de mes états d'âme.

Mon seul problème, c'est que je ne pourrais plus me rendre sur Terre... Je ne sais pas comment je vais me débrouiller mais... j'essaierai de m'arranger avec Malaki et Dieu...

Je sais que ce n'est pas mon dernier séjour en bas...

Alors, ça va aller...

Ne t'inquiète pas. »

J'étais plus qu'anxieux vis à vis de la situation mais voir l'abattement de mon nouveau compagnon se changer en allégresse m'avait réchauffé le cœur.

Cela lui donnait un air plus jeune.

«Oh, si tu savais comme je me sens soulagé de t'entendre dire ça !!! Je ne savais pas comment t'expliquer cette faiblesse... Ce n'est vraiment pas dans mes habitudes...»

L'abeille qui boudait jusqu'alors de me voir minimiser les choses, avait saisi l'occasion de le rabrouer.

«C'est pas de la faiblesse, c'est de l'empathie!!!»

Elle s'était subitement relevée, prête à lui tomber dessus.

Heureusement, elle n'avait pas armé son dard.

La cohabitation entre ces deux-là n'allait pas être de tout repos...

Néanmoins, je n'avais pas eu à intervenir : ne voulant pas envenimer les choses pour le moment, Ulysse s'était aussitôt excusé pour calmer le jeu.

«Ok… c'est pas de la faiblesse. Désolé ! »

Il avait furtivement accompagné ses mots d'une mimique d'exaspération, et continué à justifier son attitude passée.

« En tout cas, je pense que stratégiquement, c'est une bonne chose.

Ma mort servira notre cause : la Grande Maîtresse aura besoin d'écrire pour évacuer son chagrin. C'est encore un moyen de parler des lapins.

Et il n'y a pas "d'omelette sans casser d'œufs" comme diraient les humains. C'est finalement ingénieux !»

Je comprenais maintenant ce qui irritait L'abeille chez Ulysse : il était un peu imbu de sa personne.

Il attendait mon approbation mais à la place de cela, il avait eu droit à l'agacement de L'abeille.

«Oh, ça va!!! Pas la peine d'en faire des tonnes !!! T'aurais mérité qu'Albator te fasse ta fête !!!»

L'abeille n'avait évidemment pas pu s'empêcher de le rappeler à l'ordre.

Sûrement conscient qu'il était trop tôt pour se mettre en avant, mon compagnon avait gardé le silence devant cette incisive remarque.

V

"Après l'anéantissement d'un câble de box, d'un autre d'ordinateur, de deux chauffages d'appoint, de trois mètres de plinthes et de deux paires d'écouteurs, Ulysse s'en était allé.
Ça avait été foudroyant.
Lundi avait été le dernier jour où je l'avais vu manger. Ulysse cavalait encore comme un cabri.
Mardi, j'avais pris rendez-vous chez le vétérinaire.
J'avais aussi constaté que le sol était moins parsemé de crottes qu'à l'ordinaire.
Devant une probable poussée des dents et la menace d'un arrêt du transit, Ulysse avait été opéré le mercredi pour un limage dentaire.
La vétérinaire lui avait prescrit un morphinique contre la douleur, un stimulant du transit et du foin en poudre pour le gaver.
Mon lapin était devenu de plus en plus amorphe. Il avait arrêté de courser la Petite et il passait son temps à dormir.
Jeudi, l'absence de crottes m'avait fait appeler la clinique vétérinaire plusieurs fois de suite. On m'avait conseillée d'attendre le Vendredi, le temps qu'il se remette de l'anesthésie... Grosse erreur...
Vendredi matin, j'avais appelé dès l'ouverture, à neuf

heures. Ulysse était exténué et il n'y avait toujours pas de crottes dans sa cage. Dans la voiture, alors que j'avais pris un rond point, lui qui se tenait d'habitude droit comme un "i", s'était retrouvé les quatre pattes en l'air. J'avais d'abord cru qu'il était mort mais il avait juste roulé sur le côté de sa petite cage de transport car trop faible pour se maintenir. Malgré tout, il s'était redressé.

Arrivé dans la pièce de consultation, le si combatif Ulysse se laissait faire sans broncher. La vétérinaire avait tenté de le stimuler en le posant à terre et en l'incitant à courir.

Il était malheureusement en train de griller ses dernières cartouches.

Au bout de cinq minutes, mon fiston était incapable de bouger, les pattes en croix, allongé sur le ventre, comme une étoile de mer. J'avais pris cela pour de la rébellion.

C'était le début de la fin mais il avait quand même réussi à nous tromper en faisant quelques crottes, ce qui avait ravi sa soignante : le transit était là.

De retour à la maison, une petite séance de gavage et de sport avaient continué à l'amener vers sa fin. Ulysse n'arrivait plus à tenir sa tête et ses oreilles ne réagissaient plus à mes appels.

Pendant une heure, j'avais surveillé sa respiration que je trouvais de moins en moins soutenue et puis je m'étais décidée à joindre la clinique spécialisée en nouveaux animaux de compagnie (NAC).

J'avais réussi à avoir un rendez-vous à seize heures.

Armées de Google Maps et de nos attestations de sortie COVID, Loïs et moi n'avions pas eu de mal à arriver à destination.

Arrivée devant la porte du cabinet, je m'étais annoncée. Puis, j'avais attendu cinq minutes le vétérinaire, dans la salle d'attente.

Le verdict était ensuite tombé comme un couperet : le pronostic vital était plus qu'engagé.

J'étais accablée.

Un diagnostic précis m'avait été annoncé : Paralysie faciale à gauche, perte de la déglutition, abdomen douloureux, le tout causé par une probable otite moyenne ayant dégénéré en septicémie.

Entre les mains du vétérinaire, malgré quelques efforts pour se carapater, Ulysse était apparu sans vie et déjà loin.

Le vétérinaire m'avait prévenu qu'il n'était pas du tout confiant. La consultation avait duré dix minutes car devant la situation, il était urgent de prendre en charge mon cher lapin.

J'avais vécu des minutes rarement aussi longues en salle d'attente pendant qu'on s'occupait d'Ulysse.

A côté de moi, s'était assise une jeune femme accompagnée d'un couple de tortue et de leurs cinq bébés et pendant quelques instants, ils avaient éclipsé mon inquiétude et ma tristesse. Mais c'était un court répit.

Le vétérinaire était revenu me chercher : Ulysse avait été mis sous surveillance avec un cocktail en prime : morphinique, anti-inflammatoire, antibiotique, hydratation. Le spécialiste avait tout mis en œuvre pour que tout aille mieux.

«Maintenant, c'est à lui de se battre !»

Si l'espoir que j'avais de le retrouver était minime, j'avais au moins la certitude qu'il ne souffrirait pas. Et çà, c'était de l'or pour moi.

Le spécialiste m'avait promis de m'appeler à vingt heures à la fin de son service pour me donner des nouvelles et puis le lendemain matin, si Ulysse passait la nuit. Les prochaines vingt-quatre heures seraient déterminantes.

Il avait terminé en disant qu'il était entre de bonnes mains et qu'ils étaient des "pros".

Je l'avais remercié, avec dans ma voix, tout l'espoir de la terre.

J'avais versé quelques larmes en allant à la voiture et aussitôt appelé ma sœur et la clinique vétérinaire des chats. J'avais tout expliqué et je comptais sur la pugnacité d'Ulysse, malgré son jeune âge.

C'était vraiment une belle journée. Les cerisiers étaient en fleurs et la petite bourgade où nous étions, était jolie et paisible.

Loïs qui n'avait pu m'accompagner à l'intérieur du cabinet, à cause des conditions sanitaires liées au COVID (une seule personne autorisée à entrer avec l'animal), s'était promenée dans les environs. Elle avait trouvé le coin charmant et agréable.

Au retour, l'inquiétude qui m'envahissait, m'avait fait perdre mon sang froid devant les indications imprécises de Loïs qui tenait le rôle de co-pilote et lorsque nous avions pris la mauvaise bretelle, j'avais déchargé cette tension en moi, sur elle.

Alors qu'elle s'était terrée dans un lourd silence, j'avais mesuré mon angoisse et réalisé que ma fille n'était pour rien dans ce drame que je vivais. Je n'avais pas tardé à lui faire mes excuses et compréhensive, le sourire était revenu sur ses lèvres.

Arrivées à la maison, l'insouciance était revenue et j'avais même le fort espoir de revoir mon Ulysse.

La sonnerie de mon téléphone, d'abord lointaine, s'était faite insistante et criarde. Il était dix-huit heures.

Au bout du fil, une voix masculine que je ne reconnaissais pas, m'avait annoncée d'un ton désolé qu'Ulysse n'avait pas survécu, que son cœur n'avait pas tenu, qu'il était trop faible.

Aucun mot n'était sorti de ma bouche. Le silence.

La voix avait répété les mots ajoutant qu'ils s'étaient battus pour le maintenir en vie mais en vain. Elle m'avait demandé si je voulais récupérer le corps.

J'étais abasourdie.

Je ne savais pas. Mais la voix disait que le corps serait mis en chambre froide et que je pouvais prendre le temps de la réflexion.
Corps ou cendres ?…
Les mots flottaient dans mon esprit.
La voix m'avait souhaitée «bon courage».
J'avais répondu «Merci» d'une petite voix triste et sur le point de trembler.
Comme un automate, j'avais envoyé un sms à ma sœur et appelé la clinique des chats. La secrétaire avait tenté de me réconforter en me disant que j'avais fait ce qu'il fallait. Elle m'avait prévenue que les vétérinaires me rappelleraient pour en discuter mais j'avais aussitôt rétorqué "Pas ce soir!". Elle avait compris.
J'étais perdue, encore pleine d'espoir qui ne servait plus à rien.
Je m'étais assise sur le canapé près du fauteuil d'Ulysse. Le tissu vert kaki était grignoté et effiloché à certains endroits. C'était son coin de détente. Personne n'avait le droit de s'y asseoir à part lui. Toute tentative pour s'y installer était suivie par un de ses assauts musclés et une réappropriation immédiate des lieux.
Pour moi, il était encore là.
Puis était venue une crise ménagère frénétique.
J'avais rangé les effets d'Ulysse dans sa cage et recouvert le tout d'une couverture polaire. Comme pour cacher ma

peine.

J'avais, ensuite, rappelé la clinique d'Ulysse et demandé l'incinération. J'irais récupérer les cendres, le lendemain.

J'avais d'abord cru que j'aurais moins de peine que pour Albator… mais c'était faux.

Ma peine était tout aussi grande et l'absence, le vide et la culpabilité avaient déjà commencé à me torturer.

Je n'arrêtais pas de me dire que j'aurais dû aller plus tôt à la clinique des NAC (Nouveaux Animaux de Compagnie).

Je m'en voulais d'avoir suivi les conseils de vétérinaires spécialistes en chiens et chats.

Je leur en voulais de ne pas avoir compris l'urgence de la situation. Je leur en voulais pour leur méconnaissance en lagomorphes.

J'étais de nouveau en colère mais rien ne me rendrait mon "Ulysse".

Rien.

Sans lapin, la maison était de nouveau comme vide.

La Grande avait tout compris et tournait en rond… jusqu'à ce qu'elle aille s'installer sur le fauteuil d'Ulysse, le regard dans le vide.

C'était le plus jeune de la bande et son insouciance, sa vivacité parfois exaspérante faisaient maintenant cruellement défaut.

Le silence et le calme étaient lourds et pesants.

Il me manquait un autre morceau de mon cœur...

Loïs avait préparé le repas. J'avais mangé sans plaisir.

Peu de temps après, j'avais été prise de frissons, de maux de ventre, de diarrhées.

J'étais comme en état de choc émotionnel. J'étais épuisée.

A neuf heures, douchée et complètement abattue, j'étais au lit.

Mais je n'avais pas dormi tout de suite.

Le regard dans le vide, j'étais prostrée et je revoyais Ulysse presque sans vie, avec dans la bouche, un reste de pâte de foin qu'il n'avait pas pu avaler.

C'était un calvaire pour moi d'avoir cette image en tête car je me demandais si je l'avais fait souffrir.

J'espérais que non et la seule chose qui me consolait vraiment, c'était d'avoir parcouru ces quelques kilomètres en urgence pour tenter de le sauver et de lui offrir une prise en charge adaptée.

J'étais à bout. Je vivais une période difficile.

Trois semaines auparavant, j'avais failli perdre ma mère atteinte d'une infection causée par plusieurs calculs rénaux.

Admise en urgence à l'hôpital de Saint-Pierre de la Réunion car sous le coup d'une septicémie foudroyante, elle avait échappé de peu à la mort… Contrairement à Ulysse.

Ma mère s'était rétablie doucement mais sûrement, prise en charge par le service de soins intensifs.

C'était un sentiment étrange d'impuissance de sentir la mort rôder autour des êtres qui vous sont chers. Mais c'était dans l'ordre des choses, que les évènements soient justes ou pas.

J'avais envoyé un message à Tessa qui m'avait permis d'adopter Ulysse et lui avait indiqué de manière prématurée que je pourrais reprendre un lapin nain dont personne ne voudrait, dans les deux mois à venir.

Maintenant que j'avais trouvé cette clinique spécialisée en NAC (Nouveaux Animaux de Compagnie), je me promettais d'être à la hauteur et de donner toutes les chances au futur compagnon.

Je n'aurais jamais pensé qu'Ulysse serait tout aussi extraordinaire qu'Albator...

Comme j'avais eu tort.

Je me promettais aussi de ne plus acheter ces maudites barres de céréales et ces croquettes rondes de toutes les couleurs dont Ulysse raffolait.

A bien y réfléchir, j'avais constaté qu'il mangeait de moins en moins de foin et privilégiait ces friandises. Et je me disais que ça l'avait sûrement mené à sa perte.

Un lapin en bonne santé, c'est un lapin qui mange du foin tous les jours et pas de friandises qui s'avèrent être nocives pour eux.

Du foin, l'aliment primordial, des fanes de carottes, du persil, de la coriandre pour l'usure des dents, le maintien du transit et de la flore intestinal. A l'occasion de la pomme.

De toute façon, les sites internet dédiés aux lapins étaient bien faits. Ils suffisaient de taper en recherche, "liste des aliments autorisés pour les lapins" si on décidait de lui faire plaisir avec un fruit ou autre.

Mais un lapin ne pouvait pas se passer de foin.

A vrai dire, il agissait comme un antibiotique sur nos petits amis. Et en réfléchissant bien, c'était comme si Ulysse avait été sans défense.

Avec le recul, je comprenais mieux aujourd'hui le pourquoi de cette septicémie…

NE JAMAIS LEUR DONNER DES BARRES DE CÉRÉALES OU DE PETITES CROQUETTES RONDES COLORÉES !!!!

C'était une règle à laquelle je ne dérogerais pas...

Comme Albator, Ulysse allait avoir son arbre commémoratif.

J'avais choisi un bougainvillier, un arbuste à fleurs de couleur Fuschia que j'avais si souvent vu pendant mes vacances à la Réunion.

Mais sincèrement, malgré l'enthousiasme que j'avais eu en l'achetant, je ne donnais pas cher de sa peau : dans les jours qui avaient suivi son installation dans le salon, pourtant à l'abri de toute intempérie, la plante s'était peu à peu affaiblie, perdant ses feuilles et ses fleurs.

Elle ressemblait maintenant à un bout de bois sec et stérile.

Du coup, j'avais décidé de la laisser à l'extérieur, sur le balcon, à côté de l'arbre de chine d'Albator, coriace et vigoureux.

Je ne pouvais m'empêcher de comparer le bougainvillier à Ulysse, si fragile à la fin et réduisant tous nos espoirs à néant.
Alors vaille que vaille !!!
Ce serait à cet arbre de trouver les ressources nécessaires pour revenir à la vie… ou pas."

Extrait de l'Officialis Libra,
Rubrique Humains,
Fin de l'Epoque Contemporaine Européenne.

VI

Les dernières paroles d'Albator m'avaient intrigué car elles évoquaient... Dieu.

J'avais fait mes recherches mais rien n'avait satisfait ma curiosité.

La banque de données de Jana était plutôt avare d'informations sur... Dieu.

Une force extraordinaire qui a un pouvoir sur toute chose vivante ou pas, ça ressemblait à quoi ?...

C'était le premier repas que nous prenions ensemble, Albator, L'abeille et moi et je ne voulais pas aborder le sujet, de but en blanc.

En guise de repas, L'abeille avait eu droit à quelques fleurs devenues rares sur Terre mais dont Jana regorgeait. Leur pollen était si abondant que notre amie semblait avoir été plongée dans une fontaine d'or.

La laissant toute à sa gourmandise, j'observais minutieusement la nourriture qui s'était présentée à Albator. Rien à voir avec mon repas qui se composait de foin frais et d'eau fraîche.

J'aurais donné cher pour avoir une barre de céréales et quelques granules colorés mais rien de tout cela ne m'avait été proposé.

Albator mangeait goulûment mais, sentant mon regard sur lui, il s'était arrêté de mâcher, une branche de persil dépassant de son museau.

«Qu'est-ce qui se passe ? Pourquoi tu me regardes comme ça ?!...»

Je ne comprenais pas son appétit pour ces herbes, pourtant je ne voulais pas interrompre son "festin".

«Rien…»

Je n'avais pas dû être convaincant (j'avoue ne pas avoir fait beaucoup d'effort pour masquer ma consternation...) car Albator m'avait interrogé d'un air suspicieux.

«Ben si ! Tu me regardes bizarrement !!! Donc, qu'est-ce qu'il y a ?!!!»

J'étais heureux de constater qu'Albator me parlait comme si nous nous étions toujours connus. Alors j'avais fait de même.

«C'est bon ?... Ce que tu manges, là ?...»

Albator avait souri en continuant à se délecter de sa friandise.

«Oui, c'est très bon... C'est même délicieux !!! Tu devrais goûter, c'est bien de diversifier son alimentation. Ça ouvrirait ton éventail gustatif...

Manger de tout, c'est aussi une ouverture d'esprit...

Et puis, ça aura plus de goût que le foin !!!»

En y réfléchissant bien, son conseil me vexait un peu.

«Tu insinues que je suis obtu…

Ben, c'est sûr que si on avait décidé de te servir comme plat de résistance sur terre, tu aurais fait un mets de choix !!!»
Imperturbable, Albator s'était attaqué à un morceau de pomme.
«Hum...Tu sais pas ce que tu rates !!!»
L'abeille qui faisait du stationnaire, m'avait regardé, interloquée.
«Mais vraiment n'importe quoi ! Qu'est-ce que t'es rabat-joie ?!!!
T'aimes pas... OK !!! Mais laisse-le apprécier son repas !!!»
Comme à son habitude, L'abeille prenait parti pour Albator.
«Oh, ça va !!! Je trouve ça bizarre de manger des herbes aromatiques quand on est un GIBIER... j'ai le droit, non ?!!!"
Albator commençait à être exaspéré par notre discussion.
«Rooo !!! C'est pas bientôt fini tout ce boucan !!! Personne ne va me manger ici !!! Détends-toi !!!
On est différent !!! Et alors ?!!!... Tant mieux !!!
De cette manière, on est complémentaire !
Moi, je suis cool et toi... t'es un rabat-joie !!!
Mais c'est pas grave...Je t'aime bien quand même !!!
Ici, je ne risque pas de tomber malade mais sache que si on investit le corps d'un autre lapin, en imaginant que la Grande Maîtresse veuille bien en adopter un autre, il faut que nous soyons en bonne santé... Et le foin, le persil, la coriandre, les fanes de carotte sont riches en silice qui favorise l'usure des dents. Et ça contribue à la santé de nos intestins !

C'est peut-être pas dans tes projets de retourner sur Terre mais moi, si !!! Et c'est sûrement pas avec tes "bonbons" et tes barres de céréales que je pourrais aller loin !!!

C'est vraiment pas bon pour notre santé...

De toute façon, t'en auras pas ici : on nous sert pas d'aliments néfastes pour nous...»

En mon for intérieur, je savais qu'il avait raison. Ces aliments étaient déconseillés aux lapins.

Après tout, est-ce qu'on pouvait en trouver dans la nature ?...

Je constatais aussi qu'Albator ne perdait pas espoir.

Il était persuadé qu'il pourrait retourner sur Terre, via un autre lapin.

Vu sous cet angle, il nous faudrait, effectivement, préserver notre prochain véhicule le plus longtemps possible et je devrais changer mes habitudes alimentaires si je voulais participer à l'aventure.

Avec sa bonhomie qui lui était propre, Albator m'avait tendu une branche de persil.

Je m'étais promis d'y goûter une prochaine fois mais pour cette fois-ci, j'avais poliment refusé.

Par contre, c'était le moment idéal pour aborder le sujet qui me turlupinait.

«Hum...Dis-moi Albator... J'ai une petite question à te poser...

Enfin... pas si petite que ça...

La dernière fois, tu as évoqué le nom de Dieu.

J'étais très étonné que tu en parles de cette manière.

Tu as l'air d'être assez proche de lui. Est-ce que tu l'as déjà vu ?...

Je te demande ça parce j'arrive à percevoir Malaki mais je n'arrive pas à faire la même chose avec... Dieu.»

Albator avait cessé de manger et s'était détendu de tout son long, les yeux mi-clos pour entamer une petite sieste.

«Hum… non, je n'ai jamais vu Dieu.

Personne ne le peut d'ailleurs. Celui à qui ça arriverait, mourrait sur le champ.

Je ne L'ai jamais vu, mais je L'ai rencontré...»

J'étais suspendu à ses lèvres. Ce qui n'était pas le cas de L'abeille qui, allongée sur son coussin imaginaire, ne cessait de se retourner de gauche à droite.

«Bon, vos petits blablas m'empêchent de dormir. Je crois que je vais vous laisser !»

Aussitôt dit, aussitôt fait. Notre acolyte avait disparu.

Albator, sentant que ma curiosité était au plus haut point, s'était rassis sur ses pattes arrières.

«OK... Oui, je L'ai déjà rencontré.

Tu ne Le vois pas, tu Le ressens en toi. Pas comme quelque chose d'intrusif mais comme une certitude.

Lui sait tout de toi, connaît tes états d'âme, tes appréhensions, tes faiblesses et tes points forts.

Il te permet de surpasser tes peurs et d'aller au-delà de toi.

Moi, en tout cas, c'est ce que j'ai ressenti.
Mais ce n'est pas la même chose pour tout le monde...
Et puis, il y a ceux qui ne Le perçoivent pas.
C'est le principe de la foi. Croire sans voir.
Mais ne te prends pas la tête avec ça.
Notre différence, c'est aussi notre force.
Les choses sérieuses arriveront bien assez tôt !»
J'étais maintenant impatient et j'avais hâte d'apaiser ma curiosité.
«Moi aussi, je vais Le rencontrer ?...mais quand ?..."
Albator avait pris un air soucieux.
«La prochaine assemblée ne devrait pas tarder... Il est sûrement au courant que j'ai mis le doigt sur ce qu'Il voulait nous faire comprendre."
A peine avait-il terminé sa phrase que Malaki était apparu sous la forme d'une volute bleue-orangée.
«Bonjour, mes amis !»
Albator et moi avions incliné nos têtes dans sa direction, en signe de respect.
«Dans tout le brouhaha qui me parvient, j'ai distingué votre interrogation quant à la prochaine assemblée.
Effectivement, elle est imminente.
Je tiens à te confirmer, Albator, que tu as satisfait nos attentes sur la question de la poule. Nul n'est besoin de nous exposer tes recherches.»
Dans un premier temps, Albator m'avait fait un clin d'œil. Il

avait raison : l'assemblée était proche.

Je ne savais pas de quoi il était question mais il était évident que ce Dieu savait tout. Un mot s'était glissé dans mon esprit : "Omniscient".

La volute continuait à discourir.

«Par contre, tu devras les exposer à tous les exécutants présents. Je sais que c'est un exercice difficile pour toi, mais ne t'inquiète pas, nous serons à tes côtés.

Ulysse, tu dois te poser de nombreuses questions. Occuper le corps d'Albator t'a permis de brûler certaines étapes mais sois patient, tout te paraîtra plus clair lorsque tu assisteras à ta première assemblée.

Albator, Ulysse, au plaisir de vous revoir.»

Malaki avait disparu.

Après avoir émis un long soupir, Albator s'était mis à lisser son oreille gauche. Son air enjoué avait laissé place à une expression soucieuse. Je savais qu'il n'aimait pas parler en public et que c'était ce qui le préoccupait.

Si lui appréhendait cette assemblée, moi, je l'attendais avec impatience. Néanmoins, je me jurais de l'aider de mon mieux à traverser cette épreuve.

VII

En tête à tête avec Albator, j'en avais profité pour lui demander si ça ne le dérangeait pas que je cohabite avec lui, dans cet espace infini et immaculé qui nous était attribué.

«Je ne vois aucune objection à ça... Je me suis si souvent senti seul...

Tu me seras de bonne compagnie !

Et puis, comme tu peux le voir, il y a de la place !

Donc, tu n'auras qu'à prendre le large si tu as besoin d'intimité !»

J'appréciais énormément qu'il accepte ma présence auprès de lui.

J'avais pu voir l'étendue de sa bonté, de son humilité, en habitant son corps, et mon admiration pour lui était immense.

C'était un être exceptionnel et de ce fait, un honneur pour moi d'être à ses côtés.

Pour témoin, il me restait quelques bribes de sa vie mouvementée.

Heureusement, d'ailleurs, que je n'en avais que quelques traces, car je n'aurais jamais pu supporter de contenir nos deux vécus.

Il ne me restait aucun souvenir du contenu des assemblées, ni de sa rencontre avec… Dieu.

Étrange de parler de cette entité…

Après tout, pourquoi avait-on besoin d'elle ?...

Moi, je me suffisais à moi-même : je connaissais la cause qui m'avait mené là et c'était tout ce qui importait.

Les choses se feraient naturellement... enfin... je crois.

Laissant mes doutes de côté, j'avais constaté le changement d'humeur d'Albator. L'état de nervosité qui l'assaillait, était plus que palpable.

Je le voyais ouvrir, fermer ses tiroirs avec frénésie, sans sembler trouver ce qu'il cherchait.

Je décidais, dans un premier temps, de ne pas le déranger et de vaquer, moi aussi, à mes occupations.

J'étais récemment tombé sur un poème d'Alphonse Allais, dans un recueil de conjugaison. La tournure des phrases m'avait plutôt intrigué car c'était un temps que je n'utilisais pas ou sans m'en rendre compte. Mais je pensais qu'il pouvait servir à Albator ,auprès de sa "belle".

"Oui, dès l'instant où je vous vis,
Beauté féroce, vous me plûtes ;
De l'amour qu'en vos yeux je pris,
Sur le champs vous vous aperçûtes."
Alphonse Allais (1854-1905), Complainte amoureuse.

C'était apparemment un grand classique de la poésie française du dix-neuvième siècle, l'ensemble étant d'un romantisme plus que certain. Mais qui aurait l'idée, de nos jours, de déclarer sa flamme à ce temps-là ?...

Albator, bien sûr ! Je le croyais assez baroque, par moment, pour pouvoir impressionner Xéna.

Dans ce...Bescherelle, j'apprenais donc que le passé simple était un temps qu'on n'utilisait pas dans les conversations ordinaires car plutôt destiné à la littérature.

L'idée me plaisait : "*Associé à l'imparfait d'arrière-plan, le passé simple crée un effet de mise en relief en faisant ressortir une action de premier plan dans le récit.*"

J'aurais voulu partager ma trouvaille avec Albator mais il allait falloir remettre cela à plus tard.

Dans l'immédiat, mon frère continuait à malmener ses tiroirs. Le sentant dans une impasse, je considérais qu'il était nécessaire d'intervenir, au moins pour faire avancer sa réflexion dans sa "quête"...et aussi, parce que je brûlais d'envie de connaître l'objet de tout ce remue-ménage !

«Je peux t'aider ?...»

Son exaspération étant, selon moi, au plus haut point, je n'avais pas tardé à en subir les retombées... La curiosité était finalement un bien vilain défaut !

«Non, tu ne peux pas m'aider !!!

Et SURTOUT, ne fais rien car la dernière fois que tu as agi, tu as bousillé mon portail vers la Terre !!!

Je t'ai dit la dernière fois que ce n'était pas grave mais je ne mesurais pas l'ampleur de la chose...

C'est mon problème : je suis une bombe à retardement !!!

Tu te rends compte qu'à cause de toi, je ne pourrais peut-être plus voir ma famille !!!

Imagine que la Grande Maîtresse soit si triste qu'elle refuse de prendre un autre lapin !!!

Qu'est-ce que je vais devenir moi ?!!!

J'ai vécu toute une vie sans amour... sans la chaleur d'un foyer...

Toi, tu ne peux pas comprendre !!!

Tu avais quel âge ?!!! A peine un an quand tu es mort !!!

Tu sais quel âge j'avais moi ?!!!

J'avais presque douze ans !!! Douze ans !!!

Tu imagines ?!!! Sans amour !!! Seul !!!

J'avais trouvé tout ça : l'amour, la famille !!!

Mais j'ai dû mourir pour ne pas souffrir !!!

Imbécile que je suis !!! Quelle souffrance plus grande que de vivre loin des siens !!!

J'avais déjà vécu l'enfer !!! La maladie, ça aurait été une broutille pour moi !!!

J'aurais jamais dû accepter de quitter la Terre...

En plus, je dois défendre une cause qui me dépasse complètement !!!

Faire entendre raison aux Hommes concernant la cause animale !!! N'importe quoi !!! L'Homme se fout complètement de nous !!!

Il est déjà méprisant et cruel envers les siens !!! Alors, nous ?!!! Il en a rien à faire !!!

Tu te rends compte qu'on est issu de la même cellule, à l'origine ?!!!

L'Homme et l'animal sont frères !!! Tu te rends compte ?!!!
Si c'est pas malheureux !!!

Et c'est moi, un pauvre lapin nain, le porte-parole de la race animale !!! Et aussi de la race humaine, quelque part !!!

En plus, c'est Dieu qui m'a choisi !!! Dieu !!! »

Albator déambulait de gauche à droite, faisant de grands gestes telle Phèdre.

Mon esprit avait, alors, quelque peu vagabondé...

J'imaginais mon frère, en drapé, récitant la tirade de la pièce de théâtre de Racine,

"[…] C'est Vénus toute entière à sa proie attachée […]", mais en version revisitée, "C'était Dieu, tout entier à sa proie attachée...".

J'étais assez amusé par cet aparté mais j'avais aussitôt effacé le sourire qu'il avait fait naître sur mon museau. Albator s'était arrêté de parler. Il suffoquait et peinait à reprendre son souffle.

Là, ce n'était plus de la tragédie : il paniquait vraiment.

J'avais posé ma main sur son épaule pour le ramener au calme.

Je m'en voulais un peu d'avoir minimisé la situation et de

m'être évadé dans un tel moment, mais n'était-ce pas une manière pour moi de me protéger de toute cette tension ?...

En réfléchissant bien, je me disais que notre famille sur Terre était le phare, le guide d'Albator. Et Xéna était bien plus que cet être aimé et cher à ses yeux.

Si je m'appuyais sur mes recherches dans les bases de données de Jana, dans l'ombre d'un grand homme, il y avait toujours une femme : ELLE était cette femme de l'ombre…

Même si j'avais compris le pourquoi de la venue d'Albator à Jana, je ne savais pas vraiment où me situer et je me demandais, jusqu'à maintenant, quel était mon rôle auprès de lui.

Mais là, j'avais enfin trouvé : je devais le soutenir dans cette mission qui lui avait été attribuée, alors même que Xéna était loin de lui. Derrière un grand personnage, il pouvait aussi y avoir… un lapin !

VIII

Être le "représentant des Tuteurs" devait sûrement être un fardeau pour Albator car il était en première ligne, dans ce combat.

Et je pouvais comprendre qu'il se sente intimidé, impuissant devant l'ampleur de la tâche.

Néanmoins, il fallait que je lui fasse entendre raison.

Là, il était en train de perdre les pédales.

Je devais donc jouer mon rôle de soutien et le ramener sur le droit chemin.

C'était comme si, à mon contact, il s'était apaisé mais son regard ne trahissait pas son ressenti profond : il continuait à souffrir.

Alors, tel un plongeur sautant du haut d'une falaise, je m'étais lancé.

«Ça y est ?!!! T'as fini de te plaindre ?!!!

Toutes ces années à souffrir ne t'ont servi à rien, alors ?!!!

Ça t'est égal de savoir que d'autres peuvent endurer encore plus que toi ?!!!

Pour quelqu'un qui a le don d'empathie, c'est une blague !!!»

J'avais fait mouche. Albator était horrifié par ce que je lui disais.

«Mais, non !!! c'est pas du tout ça ?!!!

C'est juste impossible, cette mission !!! Mais qu'est-ce qui te prend de dire ça ?!!!»

Je faisais mine d'être sous le coup de la colère.

«Ben, écoute, lâche l'affaire !!! Je me battrais pour que tu puisses aller vivre ta petite vie tranquille dans ta famille qui, soit dit en passant, est aussi la mienne !!!

Appelons donc Malaki et fuyons !!!

Tu ne vois que toi, que ta souffrance !!!

Moi, je ne souffre pas d'avoir quitté Coco ??!!!

Non !!! Moi, si je ne dis rien, c'est parce que je ne souffre pas !!!»

C'était une torture pour moi de voir Albator, complètement désemparé devant mes propos, mais je n'avais pas le choix. Il ne lui était pas permis d'abandonner.

J'étais peut-être sceptique concernant son Dieu mais j'avais foi en cette cause, si improbable.

Les larmes étaient montées aux yeux de mon frère et ça me rendait triste de le sentir si pris au piège dans cette entreprise.

«Jamais, je n'ai prétendu une telle chose, Ulysse !!!... Tu le sais ?...

Mais... C'est une montagne que nous ne pourrons jamais gravir !... Tu ne le vois pas ?...»

Je ne pouvais plus faire marche arrière. Je lui faisais vivre un supplice mais il devait réaliser que les enjeux étaient trop grands pour être négligés.

«Tu crois que tu as le monopole de la souffrance ?!!!

Arrête de t'apitoyer sur ton sort !!!

Des animaux meurent chaque jour, dans une violence infinie et dans l'indifférence !!!

Et si j'ai bien compris, tu as une information qui vaut de l'or !!!

Je suppose que notre famille sur Terre t'a aidé à la trouver !!!

Qu'est-ce qu'ils diraient si tu foutais tout leur travail en l'air ?!!!

Tu crois que c'est parce qu'ils ont une belle vie qu'ils se foutent de la souffrance de leurs frères et sœurs ?!!!

Et Xéna, elle penserait quoi de tout ça ?!!!

Albator, tu es l'élu !!! L'ELU !!! Tu comprends ?!!!»

L'idée de me servir de ses certitudes pour terminer de le convaincre m'avait subitement traversé l'esprit.

«Ton Dieu ne pointe pas les gens au hasard !!!

Tu as ce don d'empathie que toi seul peux supporter !!!

Regarde, j'ai pété les plombs en prenant ta place!!!

Ce n'est pas donné à tout le monde de pouvoir exprimer ce que les autres ressentent et de parler en leur nom !!!

Albator, tu es l'ELU !!! »

J'avais sciemment baissé le ton pour la dernière estocade comme s'il s'était agi d'un pauvre taureau dans l'arène.

«Et Xéna ne te pardonnerait jamais ta lâcheté.»

Je savais que je l'avais touché en plein cœur.

A voir sa mine défaite, il devait sûrement trouver

insupportable l'idée de décevoir sa dulcinée, bien plus que d'affronter l'assemblée... ou même son Dieu.

Albator, complètement atterré, était entré dans un mutisme que je n'avais pas prévu.

Le regard dans le vide, il lissait son oreille gauche.

A vrai dire, j'avais peur d'y être allé un peu fort. Je m'étais attendu à un sursaut d'engagement dans notre cause, mais pas à une attitude prostrée.

Alors que je me triturais les méninges pour trouver un électrochoc, Albator était sorti de sa torpeur.

Je n'avais jamais vu cette expression dans ses yeux : celle d'avoir découvert une vérité.

«Ulysse, tu es le plus jeune mais tu es le plus combatif de nous deux...

Tu es mentalement beaucoup plus fort que moi... Tu es... teigneux et tu ne lâches jamais l'affaire !!

En fait, ce n'est pas moi, mais TOI, l'Elu !!!»

Celle-là, je ne l'avais pas vu venir !!!

J'étais stupéfait... J'avais dû mobiliser toute mon énergie pour reprendre mes esprits et adopter un ton incrédule.

« Pffff !!! N'importe quoi !!! »

Mais Albator n'en démordait pas, sûrement trop heureux de se délester de ce poids que représentait cette bataille pour la cause animale.

«Bien sûr que si ! Tu as la fougue ! La combativité ! Tu es rusé et intrépide !

Tu viens de me faire une démonstration de tes talents d'orateur... Tu serais parfait pour mener une armée, haranguer une foule !»

J'étais flatté par tant de qualificatifs, mais je ne perdais pas de vue le pourquoi de mon admiration pour Albator.

«Je suis peut-être combatif, rusé et intrépide mais je n'ai pas ta sagesse et ton humilité.

Tu fais passer les autres avant toi et moi, je ne suis pas capable de ça. Toi, oui !

Cette cause n'a pas besoin d'un maître de guerre mais d'un guide et d'un messager.

Tu es l'ELU car tu es cette interaction qu'il y a entre un être humain et un animal, en l'occurrence, la maîtresse et toi.

Tu es cette étincelle qui a fait qu'elle a tout fait pour ton bien-être et ton confort.

Tu es cette petite flamme qui a généré, jour après jour, son attachement pour toi.

C'est ce feu qui a engendré l'amour et par conséquent la bienveillance et, surtout, qui va sensibiliser l'Homme à notre vulnérable condition et à l'importance de la bientraitance.

La maîtresse m'a aimé mais pas autant que toi. Tu lui as donné envie d'écrire sur nos habitudes de vie et notre ordre, les Lagomorphes.

L'arme de notre maîtresse, c'est sa plume.

C'est cette peine qu'elle a eue en te perdant, qui lui a donnée envie d'apprendre de ses erreurs quant à notre environnement, notre mode de vie et de les transmettre aux autres.

C'est tout cela qui fera qu'un jour, nous vivrons heureux et respectés.

Les mots sont la solution.

C'est toi qui a été le premier à inciter notre maîtresse à écrire.

Tu ne t'en es pas rendu compte, mais c'est toi qui as créé cette interaction et cet intérêt pour nous.

Moi, je ne fais que marcher dans tes pas.

Le malheur rend certains hommes productifs et derrière la mort, le deuil, il y a une renaissance et parfois une victoire.

Nous sommes morts sur Terre mais j'ose espérer que d'ici, de Jana, nous serons victorieux.

Notre maîtresse, elle, sera notre messager, comme tant d'autres.

Et si tu as peur d'être seul, ce que je peux comprendre, n'oublie jamais : je serais à tes côtés dans toute circonstance…tu ne seras jamais seul…JAMAIS !!!

Ok ?… mon Frère ?...»

Albator avait écouté, sans mot dire, mon discours.

Dans un élan de soulagement et de communion, il m'avait pris dans ses pattes et de nouveau, répété à mon oreille ce statut dont j'étais maintenant si fier.

«Mon Frère…»

Puis il m'avait regardé, en relâchant légèrement son

étreinte.

« Tu es jeune mais tu es bien plus sage que tu ne le penses ! »

Peut-être lui avais-je pris quelques fragments de sagesse lors de la fusion temporaire de nos deux êtres...

En tout cas, je ne regrettais pas d'avoir ébranler ses certitudes : nous étions maintenant soudés par un lien invisible mais bien présent.

Malgré cette bonhomie retrouvée, je l'avais senti exténué par toutes ces émotions que je lui avais imposées.

Une image de Xéna sur Terre était soudainement apparue. On pouvait la voir allongée de tout son long sur le sol de la terrasse, le regard perdu vers l'horizon. C'était la fin de journée et la lumière orangée du soleil couchant donnait une teinte encore plus dorée à ses yeux.

C'est vrai qu'elle était belle et je comprenais tout à fait cette attirance qu'Albator pouvait avoir pour elle...

Mais tout de même, c'était un amour hors norme... Une féline et un lagomorphe... Le plus improbable des couples !

Je jetais un coup d'œil en douce vers mon frère.

Il la contemplait comme si elle était une déesse.

Avant de briser le silence, je lui avais laissé un peu de répit.

Mais j'avais fini par lui poser la fatidique question qui me taraudait car c'était plus fort que moi : il fallait que je sache.

« Tu m'en veux ?... »

Sans hésitation, il avait confirmé ce que je craignais.

«Oui !»
Mais aussitôt, il s'était tourné vers moi, avec un sourire empli de bienveillance.
«Et non ! Je connais le poids de ce don…
Il me fait parfois perdre connaissance tant il est insoutenable…»
Il avait poussé un long soupir.
«Ce n'est pas grave…
Ce n'est que pour un temps : ça ne durera pas...
J'ai confiance…il y aura un autre lapin !»
Sur ces mots, son regard avait de nouveau été accroché par la gracieuse Xéna et dans une parfaite évidence, une mélodie était venue fixer cet instant.

[…] You're just too good to be true
Tu es simplement trop bien pour être vraie
Can't take my eyes off you
Je ne peux pas te quitter des yeux
You'd be like heaven to touch
Tu serais comme le paradis à toucher
I wanna hold you so much
J'ai tellement envie de te serrer dans mes bras
At long last love has arrived
Enfin l'amour est arrivé
And I thank God I'm alive
Et je remercie Dieu d'être en vie

You're just too good to be true
Tu es simplement trop bien pour être vraie
Can't take my eyes off you
Je ne peux pas te quitter des yeux [...]
(Gloria Gaynor, "Can't take my eyes off you" 1998)

IX

Le moment de l'Assemblée était enfin arrivé et lèverait le voile sur toutes mes interrogations. ..

En tout cas, c'est ce que j'espérais.

Le son tonitruant d'un genre de trompette s'était fait entendre.

Alors que je venais de partager avec Albator, le contenu sur le passé simple, L'abeille avait surgi de nulle part, toute excitée, virevoltant telle une toupie entre mon frère et moi.

Albator m'avait fait un clin d'œil en la pointant du menton.

« C'est toujours pareil : elle est dans tous ses états quand arrive une assemblée !

Tu verras, tu t'habitueras ! »

Elle continuait à aller de droite à gauche, comme si elle avait été enivrée par trop de pollen, dans un flot ininterrompu de paroles. J'en avais le tournis.

« C'est l'heure de l'assemblée ! Vous êtes prêts ?!!!

Allez, Albator !!! J'espère que tu as en tête tout ce que tu dois dire !

Et toi, Ulysse ?!!! Prêt ?!!!

De toute façon, c'est ta première assemblée, donc, tu n'as rien à faire. Ce sera juste une découverte, pour toi !

Surtout, sois bien attentif !

Allez, allez, les gars !!! On y va !!! »

Pour nous encourager à nous hâter, elle frappait dans ses pattes crochues à la façon des danseuses flamenco ! Il ne lui manquait plus qu'une robe rouge et noire !

Albator et moi nous contentions de la suivre du regard.

Moi, j'attendais un signal de lui.

Vu son flegme du moment, il n'y avait apparemment rien à entreprendre.

L'abeille, lassée par notre immobilisme, avait fini par lever les yeux aux ciel et ,dans un dernier claquement de pattes, s'était écriée sur un ton solennel :

«Assemblée !»

C'était fulgurant!!! Extra-ordinaire, grandiose, magique !!!

Je n'avais pas de mot assez fort pour exprimer mon ressenti !!!...Waouh !!!

Dans un premier temps, soulevé par un souffle qui m'avait coupé la respiration, je m'étais immédiatement retrouvé dans un tube. J'avais les oreilles plaquées contre ma tête et, probablement, la face déformée par un vent des plus décoiffants. Rapidement, un dernier virage s'était présenté, nous menant à un grand amphithéâtre distinctement séparé en deux.

Je dis "nous" car toute la traversée avait été ponctuée d'un bourdonnement, signe de la présence de L'abeille, et d'une intuition profonde qu'Albator était à mes côtés.

Aucune peur, aucune appréhension pour mon baptême de l'assemblée.

C'était vraiment spectaculaire…et sûrement l'équivalent des montagnes russes des parcs d'attraction sur Terre…avec quelques jets en plus !

Après avoir été secoué dans tous les sens dans ce couloir, j'avais compris l'excitation qui assaillait L'abeille à chaque fois.

A peine remis de mes émotions et les oreilles lissées, j'avais été happé par un gigantesque brouhaha.

Je n'en croyais pas mes yeux. Je me trouvais au beau milieu d'une arène dont les rangs se remplissaient peu à peu d'une foule composée d'animaux de toutes sortes et surtout inédits pour moi.

Un coup d'œil jeté à Albator m'avait permis de remarquer qu'il était amusé par le manège de L'abeille, encore sous le coup de l'exaltation du moment : elle ne me quittait pas d'un battement d'ailes et se donnait pour mission de m'initier à ce nouveau monde.

J'avançais lentement, les yeux ébahis, subjugué par ce spectacle hors norme, ne prêtant guère attention aux commentaires de notre amie.

Albator avait pris la direction de petites marches situées aux extrémités des rangs plus imposants et destinées à des animaux plus petits comme nous.

L'abeille, imperturbable, prenait son rôle de "marraine" à cœur.

«Alors…d'un côté, t'as les défenseurs de la cause humaine :

les "Tuteurs".

Et de l'autre, tu as, on va dire de manière caricaturale, les méchants, c'est-à-dire les "Opposants".

Ce sont des extrémistes. Ils considèrent que la race humaine doit être éradiquée pour que les animaux puissent vivre en paix sur Terre et dans un environnement originel.

Ils n'ont pas la faveur de Dieu et on parle même d'une résistance, ces derniers temps. Mais il n'y a aucune preuve…

Moi-même, j'ai fait mon enquête…et je n'ai rien trouvé, ils sont très discrets et prudents. Ils prennent beaucoup de précautions…»

Ce disant, elle toisait les rangs d'en face, avec une certaine insistance emprunte d'une pointe de mépris.

De notre côté, les "Tuteurs" étaient plutôt calmes et disciplinés et le contraste avec les "Opposants" était flagrant : ils étaient bruyants et tout dans leur attitude dénotait de l'arrogance. Certains se croyaient au bain turc, allongés de tout leur long, et prenaient la place de plusieurs personnes. D'autres riaient à gorge déployée, à renfort de grandes claques dans le dos et sur le poitrail.

A vrai dire, ils étaient intimidants et tout cela relevait d'une réelle démonstration de force.

D'ailleurs, je n'en menais pas large et pour me redonner un peu de courage, je décidais de reporter mon attention sur ce qui se passait autour de moi.

L'arène se remplissait progressivement d'animaux, dont les noms me venaient naturellement à l'esprit : Tigre du Bengale, Gorille, Rhinocéros, Eléphant, Hirola, Panda, Cacatoès, Hapalémur, Lion de Mer…

Ils apparaissaient brutalement dans le disque central, extraits, comme nous, de l'invisible tunnel.

Le flot d'arrivées était tellement soutenu que je ne savais où poser mes yeux, ébahi par tant de diversités. Tout cela était si nouveau pour moi et si stimulant pour mes neurones habitués à la monotonie de notre environnement aseptisé.

Alors que l'afflux de noms d'animaux, qui envahissait mon esprit, m'absorbait totalement, Albator s'était rapproché de moi.

« C'est merveilleux, hein ?!... »

J'avais hoché la tête, le cœur empli de fierté d'appartenir à ce monde.

Mais Albator avait continué en me dressant un tableau bien plus sombre.

« Beaucoup d'entre eux sont en voie de disparition ou même définitivement rayés de la surface de la Terre.

Les "Opposants" considèrent que l'Homme est le seul responsable de toute leur éradication. Ce qui n'est pas faux d'une certaine façon et c'est ce qui rend notre cause difficile. Certains veulent agir sans pitié, d'autres ne veulent pas reproduire ce qu'on leur a fait subir.

Les "Tuteurs", eux, veulent ouvrir les yeux des hommes sur

l'unicité de notre univers. Et je pense effectivement que cela serait une bonne entrée en matière pour résoudre énormément de problèmes. Peut-être que ça rendrait un peu d'humilité à certains hommes. »

Je découvrais un autre "Albator". L'insouciance semblait avoir quitté tout son être pour laisser place à de la gravité. Et le poids de cette quête pour la défense des nôtres prenait, alors, toute sa dimension.

Nous étions restés silencieux à observer tout le remue-ménage des arrivants.

Tout comme mon frère devait se poser la question, je me demandais comment nous pourrions arriver à nos fins. Ça avait l'air si utopique…

L'abeille, toujours survoltée, s'était chargée de nous détourner de nos pensées, avec insistance.

« Allez !!! Bougez-vous !!! On va se trouver une bonne place où on pourra tout voir !!! »

Patient, Albator m'avait encouragé à la suivre.

Alors que L'abeille pointait de sa patte crochue, un endroit assez large pour nous trois, une voix railleuse venue de derrière, nous avait stoppés dans notre élan.

« Toujours parmi nous, l'avorton ?!... »

Un chien aux poils blancs tachetés de noir se tenait droit devant nous.

Un Border Collie…

Il s'était rapproché et mis à la hauteur de mon frère, la face au plus près de la sienne. Il le défiait du regard et une grande colère émanait de lui, faisant contraste avec la sérénité d'Albator.

Le brouhaha autour de nous s'était, peu à peu, changé en murmures.

L'abeille retenait son souffle et avait fini par me lancer un regard suppliant.

Un duel de regard s'était installé entre mon frère et le chien.

Albator ne fléchissait pas et, l'espace d'un instant, j'avais moi aussi eu peur que le Border Collie perde son sang froid devant une telle maîtrise de soi.

Dans un élan incontrôlé, je m'étais porté au secours de mon frère, me glissant entre les deux antagonistes et plongeant mes yeux dans ceux du chien.

« Je m'appelle Ulysse… et toi, tu es ?… »

Je me tenais droit comme un "i". Poitrail bombé.

Déstabilisé par mon insolence, notre ennemi avait reculé de quelques pas.

« Je… Je n'ai pas de nom… D'où tu sors, toi ?!.... »

Il s'était mis à me toiser de la tête aux pattes.

Alors, avec courage, j'avais continué à faire distraction.

« Je suis le frère d'Albator : Ulysse ! Quiconque lui cherche des noises doit d'abord se mesurer à moi… »

La foule s'était tue.

Mon avertissement représentait un risque et la situation pouvait dégénérer à tout moment, mais Albator était un chef et ne pouvait être soumis à n'importe quelle intimidation.

Le chien aurait pu faire une bouchée de moi, néanmoins j'avais durci mon regard, toujours bien campé sur mes pattes arrières.

Saisi d'une gêne imperceptible, le Border Collie s'était finalement raclé la gorge.

Puis réalisant que nous étions le centre d'attention de la foule, il avait répandu ce qui ressemblait à un rire rauque et guttural au-dessus du silence ambiant, tout en regagnant ses rangs.

Toute l'assemblée opposée était, elle aussi, partie dans un éclat de rire et l'avait ovationné...sûrement pour évacuer la tension engendrée par notre face à face.

Au même moment, les soupirs de soulagement d'Albator et de L'abeille m'étaient parvenus. Mon frère n'avait pu s'empêcher de me réprimander, à voix basse.

« Tu es fou de l'avoir défié. Et s'il avait décidé de te gober… j'aurais fait quoi ?!!! »

L'abeille, qui suivait de près notre conversation, avait froncé les sourcils en dévisageant son ami.

« Tu rigoles ou quoi ?!!! Je lui aurais enfoncé mon dard en pleine tête !!!

Et toi, ben tu l'aurais déchiqueté avec les dents !!! »

Ensuite, elle s'était penchée vers moi en me faisant son plus beau sourire et hochant la tête en signe d'approbation.

Albator avait levé les yeux au ciel en voyant mon air réjoui.

« S'il te plaît ! Ne l'encourage pas !... »

Même si j'avais eu peur au plus profond de moi, j'étais assez fier de mon coup d'éclat qui démontrait que nous n'étions pas prêts à nous laisser faire.

L'abeille nous avait trouvé des places de choix : elles offraient un bon panorama de l'arène.

Je jetais donc un coup d'œil circulaire, encore tout à mon soulagement d'avoir pu me sortir de cet affrontement sans égratignure, lorsque j'avais senti un poids sur moi.

Entouré d'un ours polaire et d'un cheval, le Border Collie m'observait avec arrogance.

J'hésitais à entrer dans un jeu de regard cependant l'hologramme d'un lion avait émis un rugissement, couvrant tous les bruits de l'arène.

L'assemblée était soudainement devenue silencieuse.

Le lion avait disparu.

Un impressionnant tourbillon de volutes évoluait dans un camaïeu de vert au centre de l'arène.

L'abeille ne pouvait dissimuler son admiration.

« T'as vu ?... c'est beau, hein !... »

C'était merveilleux.

La voix de Malaki avait marqué le début de la séance.

Tous écoutaient les mots dans un mutisme cérémonial.

La volute rappelait que quiconque prenait la parole, devait s'exprimer et échanger dans le respect de l'autre, de façon constructive.

J'étais tellement enthousiaste d'assister à ce premier rassemblement !

Tournant la tête vers Albator pour partager mon émotion, j'avais soudain réalisé que les chose en étaient autrement pour lui : il était tétanisé, le regard fixe et anxieux.

Il savait qu'il allait bientôt devoir exposer ses recherches.

Dans un élan de compassion, j'avais posé ma patte sur la sienne.

« Ça va aller, Albator...Nous sommes avec toi...JE suis avec toi ! »

X

Devant un auditoire plus qu'attentif, deux verrats, l'un tremblotant, l'autre, l'œil hagard, s'étaient avancés jusqu'à la piste.
Malaki, dans une dominante orange, les avait invités à parler, adoptant un ton doux et plutôt inhabituel chez lui.
Non pas qu'il soit brusque avec nous mais nous le connaissions plus pragmatique et direct.
J'avais vite compris son attitude, en me concentrant sur les deux témoins qui se tenaient au centre de l'arène : ils faisaient peine à voir et la volute n'aurait pu agir autrement.
Seule la douceur était envisagée pour s'adresser à eux... et encore.
« Ne vous inquiétez pas... Vous ne craignez rien ici.
Vous pouvez parler librement. Personne ne vous fera de mal. »
Les deux verrats restaient muets.
Complètement prostrés, ils regardaient deci delà, n'osant fixer la foule.
Albator avait fermé les yeux et réprimé un soupir que j'imaginais déchirant.
Il percevait leur peine au plus profond de lui.
A mi-voix, il s'était adressé à moi.

« Ils ont vécu l'horreur... Ils ne parleront pas... Ils ont trop souffert... »

J'avais, tout à coup, vu la patte de mon frère trembler, de manière imperceptible.

Je savais qu'il était en train de ressentir tous leurs supplices, d'éprouver tous leurs maux.

Pour l'apaiser et lui apporter mon soutien, j'avais, comme à l'accoutumée, posé ma patte sur son épaule.

Au moment même où nous étions entrés en contact, un violent vertige m'avait catapulté au-dessus d'une cage où se trouvait un... verra, en l'occurrence, celui à l'œil hagard.

Il avait, à peine, la place de se mouvoir et baignait dans ses excréments.

Autour de lui, tout était flou et je n'arrivais pas du tout à situer la scène.

Deux militaires s'étaient approchés de lui. J'avais vu le verrat se débattre pour fuir mais en vain.

Les deux hommes ricanaient et, après lui avoir jeté leurs restes de sandwich, avaient versé leur bière sur le pauvre animal.

L'un deux, avec un air sadique dans les yeux, avaient alors pris un manche à balai, en s'adressant à son acolyte.

« Attends, on va rigoler !!! »

Je sentais que quelque chose de terrible allait se passer.

J'aurais voulu m'enfuir moi aussi, mais... impossible de bouger.

J'étais comme maintenu là par une force visible qui m'obligeait à assister à l'horreur même.

A travers les barreaux de la cage, l'homme, ou devrais-je dire le monstre, tentait de viser l'anus de la bête.

J'avais, à ce moment-là, fermé les yeux et, par conséquent, soudainement été ramené à l'arène, retirant, avec précipitation, ma patte, la lissant comme si elle était souillée.

Je n'avais pas tout vu mais il était facile d'anticiper sur la suite de la scène...

Submergé par tant de méchanceté et de malveillance, je ne pensais qu'à rayer toute cette violence de mon esprit mais le malaise était là... indélébile.

J'osais à peine poser mon regard sur les verrats car je savais maintenant qu'ils avaient enduré d'atroces souffrances.

Lentement, j'avais tourné la tête vers Albator : une grande tristesse émanait de tout son être.

« Tu comprends maintenant ?... Toi, tu peux voir ce qu'ils ont enduré.

Moi, je peux ressentir leur souffrance. »

Je n'avais pas répondu, ni acquiescé : les mots étaient inutiles.

Dire que ces bourreaux se prenaient pour des hommes forts... Quelle honte...

Je sentais la colère s'emparer, peu à peu, de moi : c'était si facile de faire du mal à un animal en cage, n'ayant aucun moyen de se défendre. Ces humains représentaient le symbole même de la lâcheté.

Au centre de l'arène, les deux victimes n'avaient pas bougé d'un poil : elles étaient brisées mentalement.

Une pensée de Jeremy Bentham, philosophe du 19ème siècle, m'était alors revenue à l'esprit :

"La question n'est pas : Peuvent-ils raisonner ? ni : Peuvent-ils parler ? mais : Peuvent-ils souffrir ?"...

Alors que j'essayais de me concentrer à nouveau sur ce qui passait en contrebas, j'avais vu Malaki se limiter à une étincelle orange, comme s'il voulait se rendre invisible et rassurer un peu les deux intervenants.

Mais rien n'y faisait. Les verrats étaient incapables de prononcer un seul mot.

Redevenu volute au camaïeu vert, Malaki avait chuchoté des mots à l'adresse d'une invisible personne.

« Je pense qu'ils ont vécu un tel traumatisme qu'ils sont maintenant perdus dans les méandres de leur inconscient. Ils essaient de se protéger de notre monde et sont, par conséquent, incapables de toute communication avec nous. Je n'ai pas pour habitude d'avoir recours au processus de *réinitialisation* mais ça semble plus que nécessaire pour nos deux...martyrs. »

Je n'avais pas connaissance de cette pratique et la mine interrogative d'Albator m'indiquait que je n'étais pas seul dans ce cas.

L'abeille nous en dirait sûrement plus.

J'étais sur le point de me pencher pour satisfaire ma curiosité auprès d'elle, lorsqu'un souffle léger et chaud avait traversé les rangs.

Personne ne bougeait dans l'assistance. Même le Border Collie avait courbé l'échine, en signe de soumission.

Le souffle avait dû opérer selon les directives de Malaki car les deux verrats s'étaient mis à se mouvoir, la peur ayant quitté leurs yeux, laissant place à de la bonhomie.

L'assemblée avait rompu le silence et accueilli leur arrivée dans cette toute nouvelle vie, dans un tonnerre d'applaudissements.

N'ayant sûrement aucun souvenir des sévices qu'ils avaient subis, les deux verrats s'étaient contentés de remercier la foule et de regagner leur place, poussés par un nouvel élan.

Ni Opposants, ni Tuteurs car vierges de toute histoire avec les hommes, ils avaient spontanément rejoint un petit groupe à part.

Après cette effusion de joie, le calme était progressivement revenu sur l'arène.

Cette fois-ci, deux truies avaient demandé à s'exprimer.

Malaki avait donné son accord en passant du vert au bleu.

Elles aussi avaient souffert de la cruauté des hommes.

On pouvait distinguer dans leur voix, ce qui était devenu le moteur de leur engagement dans la cause animale : la colère. Je n'osais même dire…la haine.

L'une hochait continuellement la tête pendant que l'autre racontait leur histoire.

« Nous venons d'un abattoir en Bretagne. Après qu'on nous ait volé nos enfants pendant des années, les hommes ont fini par considérer que nous étions trop vieilles et…pas assez productives donc juste bonnes à finir dans les assiettes.

Ce n'était pas suffisant pour eux de nous avoir exploitées toute une vie, il fallait en plus que nous soyons traitées de la pire des façons… »

La truie qui parlait, avait eu soudainement du mal à continuer son témoignage, lançant un regard suppliant à celle qui l'accompagnait.

L'autre truie avait donc pris le relais.

« Hum…Afin de nous faire avancer plus vite, alors que nous étions affaiblies par tant de grossesses, les hommes nous donnaient des coups de pieds et se servaient d'aiguillons électriques. Certaines d'entre nous, épuisées, finissaient paralysées au sol ou essayaient de ramper mais ça n'allait pas assez vite. Alors…hum… ils nous enfonçaient les aiguillons dans l'anus pour qu'on se lève plus vite…hum…

Ces hommes agissaient ainsi alors que nous avions à peine la place d'avancer et que certaines d'entre nous n'arrivaient pas à se lever… hum…

Nous tenons à témoigner car suite à nos recherches, nous

avons découvert que de telles pratiques vont pouvoir avoir lieu sans que ces hommes soient inquiétés : un texte aurait été voté, stipulant que celui qui tente de dénoncer ces maltraitances sans avoir eu la permission du propriétaire pour accéder au site visé, sera puni d'emprisonnement et d'une forte amende.

Vous vous doutez bien qu'aucun propriétaire ne donnera son autorisation s'il a quelque chose à se reprocher…

Hum… moi, j'estime que c'est la moindre des choses de nous traiter avec respect.

En plus, ça a l'air de ne déranger aucun de ces humains de donner à leurs semblables, de la viande où des toxines sont libérées en quantité par le stress…

Je ne comprends pas leurs agissements !...

Ils n'ont aucune valeur !!...

Pour eux, seul compte le profit et à n'importe quel prix !!! »

Sur ces derniers mots, la truie avait retrouvé de la combativité et quelques voix s'étaient élevées dans le clan des Opposants.

« Nous ne voulons et ne pouvons pas oublier. D'ailleurs, ça ne ferait pas avancer les choses.

Nous avons choisi de nous servir de notre expérience pour faire triompher notre cause… le règne animal.

Les hommes ne méritent pas notre pitié. Leur système est gangrené, même si certains tentent de nous aider.

Où est l'homme avec un grand H ?!!!

On parle de l'Humanité de l'homme, mais où est-elle ?!!!

L'homme, en tant qu'individu, est égoïste et destructeur.

Je ne dis pas qu'ils sont tous pourris jusqu'à la moelle car, malgré tout, il y a ,parfois, parmi eux de grands esprits, sur lesquels j'ai eu le temps de me pencher depuis mon arrivée à Jana.

Pour preuve, les mots de Gandhi, guide spirituel de son vivant : "*La grandeur d'une nation et son progrès moral peuvent être jugés à la manière dont les animaux sont traités* ".

Autant dire qu'aucune nation sur terre ne peut être qualifiée de grande et civilisée... »

Le silence qui régnait dans les rangs, en disait long sur l'impact de cette dernière phrase sur l'assemblée.

Derrière nous, j'avais entendu des bruits étouffés : certains des spectateurs pleuraient.

Malaki, en orange, avait rompu l'insoutenable mutisme dans lequel l'assistance se terrait, comme pour pouvoir digérer le témoignage de la truie.

« Merci pour votre courage, Mesdames.

Vos paroles ont été consignées dans l'*Officialis Libra.* »

La voix s'était tue à ma grande déception. J'aurais voulu en savoir plus sur cette nouvelle donnée.

Mais j'allais devoir prendre mon mal en patience avant de pouvoir m'informer auprès de L'abeille car elle était, pour le moment, totalement indifférente à mes regards insistants et complètement absorbée par les mots de Malaki.

« Elles serviront à aiguiser notre jugement dans nos affaires à venir. »

Après avoir marqué un temps d'arrêt, la volute, aux déclinaisons maintenant verdoyantes, avait introduit l'exposé des recherches d'Albator.

« Ceux qui ont assisté aux dernières assemblées n'ont sûrement pas oublié que les représentants des clans, ici présents, avaient été chargés d'une mission. »

Un murmure grandissant avait parcouru l'assemblée et la nervosité d'Albator était, désormais, palpable et même visible.

Non seulement, il avait commencé à lisser son oreille gauche mais en plus, sa patte droite tambourinait le sol sablonneux. Il savait que le moment où il allait devoir affronter tous ces regards sur lui, était proche.

L'assemblée buvait les paroles de Malaki.

« A vrai dire, la mission consistait à résoudre un problème lié à l'origine de la vie.

Une démonstration devait en être faite au-delà de ce qui était attendu.

Car nous voulions nous assurer d'une certaine curiosité intellectuelle chez les représentants de chaque groupe. »

La volute, toute bleue, s'était avancée au devant du clan des Tuteurs.

« Albator, puisque tu es celui dont les recherches sont les

plus abouties, nous ferais-tu le grand honneur de les partager avec nous ?... »

Mon frère, contraint, avait accepté l'inévitable invitation, devenant aussitôt le centre d'intérêt du moment.

Tous semblaient intrigués par cette intervention et aucun sentiment d'hostilité ne m'était parvenait des rangs opposés jusqu'à ce qu'à travers Malaki, tout incandescent de ce bleu si rassurant, je finisse par capter l'éclair de colère dans le regard du Border Collie.

Je n'aimais pas sa façon de fixer Albator. Ça n'augurait rien de bon...

Je me promettais, donc, de veiller au grain.

Mais cette heure n'avait pas encore sonné.

Pour l'instant, je me devais d'être aux côtés de mon frère qui, tout tremblotant, s'était déplacé vers la piste, bien malgré lui.

A sa surprise, je l'avais suivi jusqu'au cœur de l'arène.

Je savais que ma présence l'apaisait et lui donnait du courage.

Je devais avouer que c'était vraiment impressionnant de voir tous ces yeux posés sur nous. Je me sentais comme une fourmi qu'on observait au microscope.

Albator, prêt à énoncer son raisonnement, s'était légèrement gratté la gorge pour éclaircir sa voix.

L'abeille, restée dans les gradins, m'avait lancé un clin d'œil : elle réalisait que je me portais garant de la protection de son ami dans n'importe quelle situation et m'en était reconnaissante.

Elle s'était même payée le culot de narguer notre nouvel ennemi : elle lui avait effrontément tiré la langue.

Le Border Collie bouillonnait de colère, mais n'ayant apparemment pas d'autre choix, s'était contenu.

Je m'amusais intérieurement de cette situation, néanmoins, cet acte d'insolence de L'abeille me faisait craindre de futures intimidations de la part des Opposants…

Je prenais, de plus en plus, conscience de l'importance de mon rôle. Il était de mon devoir de veiller à la sécurité d'Albator et de contribuer à la réussite de notre mission.

L'assemblée, autour de nous, s'impatientait et des rires railleurs commençaient à monter chez les Opposants.

Mon frère avait, jusque-là, évité de croiser les regards, preuve de son côté réservé.

Mais une autre facette de sa personnalité était en train d'émerger. C'était comme s'il avait quitté son enveloppe corporelle pour y introduire un être différent et nouveau.

Après avoir soigneusement passé en revue l'assemblée, il s'était attardé sur le Border Collie, le fixant droit dans les yeux.

Albator semblait déterminé à se faire entendre dans le respect et le silence. Alors, il avait cru bon de viser celui qui semblait être le chef du clan opposé.

Les moqueries s'étaient interrompues et Albator toisait

toujours le chien, peu à peu, mal à l'aise.

Je reconnaissais cette manière de faire.

C'était une technique d'intimidation utilisée par les chats de notre famille : celui qui baissait les yeux le premier, avait perdu.

Et, à mon grand étonnement, le Border Collie venait de flancher. Malgré cette victoire psychologique sur le chien, Albator était resté impassible, ce qui le rendait encore plus respectable.

L'exposé pouvait commencer.

Mon frère s'était adressé à la foule, d'une voix douce mais ferme.

L'expression "une main de fer dans un gant de velours" aurait pu lui convenir à merveille si le léger mouvement de sa patte droite, sur le sol, ne l'avait pas trahi.

Mais l'assemblée était suspendue à ses paroles et personne, à part moi, n'avait remarqué ce détail.

Tout comme L'abeille, fière et impatiente d'entendre son ami !

XI

Après quelques mots, le tic nerveux d'Albator avait disparu car, ce qui faisait la force de mon frère, c'était sa résilience.

Chaque adversité, aussi éprouvante soit-elle, l'avait aguerri, malgré ce qu'il pouvait penser. Moi-même, bien que plus imposant que lui physiquement, je n'étais pas sûr d'avoir pu gravir cette multitude de montagnes.

Tout ceci faisait de lui un être empli de sagesse, d'humilité et de bienveillance. Et personne ne pouvait le nier.

Même les "Opposants" ressentaient cette aura.

Mais ce qui faisait également sa force, c'était sa passion pour la Vie, cette Vie qu'il devrait défendre si ardemment devant l'assemblée.

J'avais donc assisté à une improbable représentation, mettant en scène un "Albator" libéré de ses appréhensions, face à un amphithéâtre bondé et accroché à chacune de ses paroles.

Avec ferveur, il nous avait conté l'unicité de la Terre créée, d'après les recherches de l'Homme, par une succession de hasards bénéfiques, mais pour lui, grâce à un savant mélange de combinaison et à son…Dieu.

Hum…Chacun son opinion.

Moi, j'étais plutôt de ceux qui soutenaient la première théorie, celle du Big bang…

Mais mon frère avait raison : l'objectif était de réunir le plus de partisans possibles. Alors il fallait toucher aussi bien les sceptiques que les convaincus.

Il avait continué à exposer son raisonnement quant à l'influence de son Dieu sur les évènements, en expliquant que l'osmose entre la Lune, les volcans et le jeu des planètes étaient trop marqués par la perfection.

Moi, je me disais que le hasard faisait tout simplement bien les choses...

Mais il avait bien fallu trouver des réponses à ce qu'on ne pouvait expliquer.

C'était le propre de l'homme : tout devait fonctionner comme un théorème et aboutir au fameux CQFD (Ce Qu'il Fallait Démontrer). Sinon, des chercheurs passaient des jours, des nuits, des mois, des années, des siècles à démontrer et démonter les mystères qui leur échappaient.

Et l'origine de la vie représentait bien le plus grand des mystères : à proximité d'un volcan, la création de la première cellule avait été un accord parfait d'eau, de chaleur, d'éléments chimiques terrestres dans un environnement inhospitalier.

Pendant qu'il discourait, des images, projetées au-dessus de l'arène, illustraient les propos d'Albator...

Sûrement l'œuvre de Malaki...

De ce fait, il était impossible de ne pas s'émerveiller devant cet amoncellement de...coïncidences.

Tous avaient les yeux levés vers un hypothétique ciel et lançaient des interjections à chaque étape de la Vie.
Ce n'était que des "Oh!" ou "Ah!" dans un même élan.
Je n'avais, jusqu'à maintenant, jamais pris la peine d'étudier ce qui se trouvait au-dessus de nos têtes et là, pendant que les éléments se déchaînaient, je constatais que le fond ressemblait à…un trou noir.
Pas d'étoile. Aucune aspérité. Juste du noir.
L'impression de pouvoir être happé par ce vide ou même ce trop plein de vide, si je continuais à le fixer tel que je le faisais, commençait à me donner le vertige.
Et cette sensation m'avait imposé de revenir au discours d'Albator qu'il venait de terminer avec la citation d'un savant. Maître en la matière, il savait jouer sur la corde sensible de quiconque et la foule s'était laissée prendre à cette émouvante manœuvre… et je l'avoue… moi aussi…

« *"[...]Tout ce qui sert aussi bien dans les bactéries, dans les champignons, dans les oiseaux, que dans les baleines ou dans les plantes, tout ça, c'est fait avec les mêmes choses. Nous sommes tous frères. De la plus petite des bactéries à la plus belle des girafes. [...]"* »

Un doux souffle était venu nous envelopper dans un cocon de sérénité, clouant le bec aux détracteurs d'Albator.
Cette fois, je L'avais ressenti, traversant mon corps et m'abandonnant aussitôt.
L'assemblée, elle, restait sans voix, comme charmée par la

théorie de ce lapin dont certains se moquaient, il y a peu.

De plus, il fallait bien se rendre à l'évidence. Chacun avait pris conscience de la gravité de la situation : la Terre était unique et l'Homme en la dégradant, allait précipiter notre monde vers une mort et une disparition certaines.

La Terre, une planète parfaite, née d'une somme d'évènements plus ou moins aléatoires, où la vie était apparue de manière inattendue…

Avec une note d'humour et comme pour rassurer l'auditoire, Albator était revenu à l'anecdote, plus légère, à l'origine de toute cette démonstration : selon lui, la cellule étant la première étincelle de vie, il paraissait évident que la poule était arrivée en premier, l'œuf étant juste un minéral et un réceptacle de vie.

Il avait, ensuite, clos sa démonstration avec brio et génie.

« Une phrase que j'emprunterais à un grand esprit humain, Albert Einstein, pour achever de vous convaincre : *"Notre tâche doit être de nous libérer par nous-même de cette prison en étendant notre cercle de compassion pour embrasser toute créature vivante et la nature entière dans sa beauté."*

Et encore une autre d'un grand écrivain, J. R. R. Tolkien :

"Il y a du bon en ce monde,[…], et il faut se battre pour cela." »

Ce disant, il avait lancé un clin d'œil discret à L'abeille qui le regardait telle une rock star venant de livrer la prestation finale de son concert. C'était une fan inconditionnelle de J.R.R. Tolkien et elle jubilait d'avoir pu inspirer Albator, elle qui relisait régulièrement sa célèbre trilogie.

L'abeille avait frappé dans ses mains avec fougue, enjoignant nos partisans à en faire de même.

D'abord timides, les "Tuteurs" finirent par suivre son exemple et applaudir "le grand orateur" à tout rompre.

Avec stupéfaction, j'avais vu certains membres des "Opposants" les imiter et gagner nos rangs. Ils étaient hués par leurs anciens compagnons mais l'accueil chaleureux des partisans d'Albator éludait toute cette agitation.

Au milieu des rangs opposés, une silhouette observait ce tohu-bohu, dans une dangereuse impassibilité : le chien.

Pour lui, toutes ces embrassades et étreintes avaient sûrement le goût de la défaite.

Si c'était réellement lui le chef des "Opposants", il ne devait vraiment pas apprécier la préférence de l'assemblée pour mon frère et le départ de ses adeptes pour le clan adverse.

Normal… N'importe quel leader aurait désavoué cette victoire.

La double peine qu'il avait essuyée, promettait un cruel retour de bâton.

Méfiant, je restais au plus près d'Albator, scrutant l'amphithéâtre à la recherche de la moindre action suspecte.

De nombreux défenseurs étaient venus le féliciter et ma

tâche s'avérait de plus en plus compliquée.

Heureusement, j'avais pu compter sur la combativité de L'abeille : elle s'était mise à voler au-dessus de nos têtes, accompagnée de certaines de ses sœurs…dard en avant. Nous avions là une armée redoutable et plus qu'intimidante.

Nul n'aurait osé l'affronter. En tout cas, pas moi !

Mais à y regarder de plus près, le Border Collie non plus, lui qui semblait, à présent, avoir tant de mal à rester en place et dont les yeux rougis par la fureur survolaient l'assemblée de toute part.

J'avais été, pendant un court instant, rassuré par l'image de ces acolytes le retenant par les pattes et lui murmurant à l'oreille je ne sais quelles paroles. Mais encouragé par elles, il s'était calmé et un sourire mauvais avait commencé à poindre de la commissure de ses babines…

Tout ça sentait le roussi. Il fallait nous attendre à une riposte, dans les prochains temps…

Malaki, en volute orange, s'était joint à nous.

Sa voix avait perdu en intensité et s'adressait uniquement à notre petit groupe.

« Nous voyons que votre organisation se met en place et Nous en sommes ravis.

Nous savions qu'Albator était l'être idéal pour délivrer ce message. Alors, Nous espérons fortement que d'autres "Opposants" seront touchés par cette révélation car Nous souhaiterions ne pas avoir à gérer une telle… belligérance. »

Malaki s'était bien gardé de prononcer le terrible mot : GUERRE.

Il avait cessé de parler, passant de l'orange au vert.

J'étais suspendu à ses paroles et devant son silence, j'avais interrogé L'abeille du regard.

Laissant son escouade seule, elle descendit discrètement jusqu'à mon oreille.

« Il communique avec Dieu... »

Elle avait raison. Malaki, dans un vert ardent, nous fit immédiatement un rapport plus que concis de cet insondable tête à tête.

« Nous reviendrons vers vous, avec de nouveaux desseins. En attendant, reposez-vous car rien ne sera facile. »

J'avais jeté un furtif coup d'œil, du côté du Border Collie... le rang était vide...

En s'éloignant pour dominer la bruyante assemblée en son centre, Malaki se para de teintes de plus en rouges.

« Nous déclarons cette assemblée, terminée ! »

Quittant son poste d'observation, L'abeille se hâta de saluer certains "Tuteurs" : l'amphithéâtre se vidait, peu à peu.

Juste le temps de féliciter du regard Albator et je fus aspiré par le tunnel.

Mon corps ne se contractait plus autant que la première fois, ce qui me permettait de continuer à gamberger. J'allais pouvoir assouvir toutes les interrogations soulevées par cette assemblée et j'en faisais le décompte intérieurement.

Au loin, le rassurant bourdonnement m'accompagnait dans cette courte traversée…

Et soudain…cette musique qui avait donné cette teinte joyeuse à mon arrivée à Jana. Elle contribuait presque à amortir les jets encaissés par mon corps à chaque virage, mais elle mettait surtout en évidence tout le chemin parcouru depuis ce fameux transfert…

Et surtout, elle faisait écho à la récente allocution d'Albator. Elle l'illustrait à merveille.

[...] We all are one, we are the same person
Nous sommes tous un, nous sommes la même personne
I'll be you, you'll be me (Oh, yeah)
Je serais toi, tu seras moi (Oh, ouai)
We all are one, same universal world
Nous sommes tous un, même monde universel
I'll be you, you'll be me
Je serais toi, tu seras moi [...]
(Jimmy cliff, "We are all one", 2003)

XII

J'étais arrivé le premier, impatient de revoir mes amis et de partager nos ressentis.

Je pensais être le seul à avoir entendu la mélodie mais L'abeille, apparue en se trémoussant, m'avait démontré le contraire.

Nous avions chantonné l'air en chœur, nous attendant à être rejoint par Albator.

Mais notre énergie contrastait fortement avec celle de mon frère.

Abasourdi et éprouvé par des vertiges, il peinait à récupérer toutes ses facultés. Il resta longuement avachi sur le sol, les pattes en croix, les yeux fermés.

L'abeille, elle, toute enjouée, sautillait avec entrain.

Constatant, à son tour, l'état de fatigue de mon frère, elle me fit signe de la tête, m'invitant à me mettre à l'écart pour ne pas le déranger.

Une fois assez éloignée de lui, elle avait exulté.

« T'as été sensationnel !!! Bravo !!!

Ah ça, il l'a pas vu venir, ce chien de malheur !!!

Et t'as pas flanché !!! T'as été É-PA-TANT !!! »

J'étais flatté par cette pluie de compliments venant d'elle, d'ordinaire si avare en la matière, surtout à mon égard.

« Merci... Merci beaucoup. A vrai dire, ça m'est venu...

naturellement. C'était comme... une évidence !!!

Mais... Toi aussi, tu m'as impressionnée !!! L'abeille et son Armée !!!

C'était spectaculaire !!! J'en avais les poils tout hérissés !!! Tu faisais vraiment forte impression !!! »

Fière d'elle, elle avait posé ses pattes sur ses hanches et relevé bien haut le menton.

« Ouais ! Gare à celui qui ose s'approcher ! »

Je repensais aussitôt au Border Collie, rongé par la colère et impuissant devant la horde d'abeilles.

« Tu m'étonnes !!! D'ailleurs, c'était qui ce chien ?...

C'est bien le chef des "Opposants", non ?... »

Albator, revigoré, s'empressa de répondre à ma question. (Hum...pas mal d'utiliser le passé simple...)

« Oui, C'est bien le chef des Opposants... Tu as vu juste... »

Dans la foulée, il s'était tourné vers L'abeille, avec un air de reproche dans le regard.

« Tu t'es bien gardée de lui dire ça, L'abeille ?!!!

Ça m'étonne de toi !!! »

Elle parut gênée et se tordit les pattes.

« Ben, je voulais pas tout lui dire... Je voulais qu'il découvre certaines choses, seul... »

Cette fois-ci, la voix d'Albator s'endurcit et ses paroles prirent des allures de sermon.

« Ben, ça aurait pu être dangereux... Tu imagines ce qui aurait pu se passer ?!!!

Et si ça avait dégénéré ?!!! Connais-tu réellement ce chien pour te permettre de mettre en danger un des nôtres ?!!!

Ne refais plus jamais ça !!! Nous sommes censés veiller les uns sur les autres !!! Tu as de la chance que le chien n'ait rien tenté contre Ulysse… car moi, je pense sincèrement qu'il est imprévisible et impulsif…

Alors, soyons sur nos gardes !!! J'ose espérer que tu ne recommenceras pas, L'abeille !!!

Sur ce coup là, tu as été inconsciente !!! »

Honteuse, L'abeille baissa la tête.

« Excuse-moi, Ulysse… Je suis désolée. C'était vraiment malvenu de ma part.

Je n'ai pas pensé aux conséquences… »

Avant même que je réagisse, Albator avait fait un mouvement rapide dans l'air, de sa patte avant.

« Allez, on passe à autre chose ! Ulysse est heureusement sain et sauf.

Ça nous a permis de voir qu'on fait le poids face aux Opposants et je n'en suis pas peu fier !»

J'étais toujours intrigué par l'attitude du Border collie.

« Mais si c'était le chef des Opposants, pourquoi il n'a pas donné d'ordre contre nous ?... »

L'abeille qui avait relevé la tête entre-temps, souriait de toute sa mandibule.

« Il pouvait pas se le permettre !!! Dieu était là !!! Il est pas téméraire à ce point-là ! »

J'allais de surprise en surprise.

« Quoi ?!!! Mais je ne L'ai pas vu, moi !!! »

L'abeille leva les yeux au ciel.

« Tu peux pas le voir !!! C'est normal !!! C'est Dieu !!!

T'en mourrais !!!... C'est Dieu... Omniscient, Omnipotent, et tout, et tout !!!

Sa grandeur te réduirait à l'état d'un petit tas de cendres... Et encore !!!

T'as pas senti un petit vent chaud, par moment ?!... »

Sans attendre ma réponse, elle était repartie dans ses explications.

« Ben, c'est Lui !!! Sur Terre, c'est une certitude ou un concept ou une supercherie... ça dépend des humains...

Mais Il s'y manifeste pas ou très peu. Du coup, c'est impossible de démontrer son existence.

Par contre, ici, à Jana, Il est vraiment parmi nous... sous la forme d'un souffle, d'une présence qui incarne la force, la puissance... et c'est d'ailleurs plus sympa que de se faire atomiser s'Il nous apparaissait dans toute Sa Grandeur !»

L'abeille parlait de ce...Dieu avec ferveur mais, aussi, comme d'un être proche.

Je n'y comprenais rien.

"Besoin de voir pour croire". Telle serait ma devise du moment !

Tout cela me laissait perplexe.

Toutes les recherches faites sur Lui m'avaient embrouillé

l'esprit. Tantôt effrayant, tantôt miséricordieux...

Pourquoi tant d'ambivalence ?!!!

Et puis pourquoi se manifester par le biais d'un souffle ?...

C'est vrai qu'on disait de Lui que c'était Celui qui soulevait les spores, emplissait nos poumons et les océans... mais Il aurait pu choisir quelque chose de plus concret.

De toute façon, rien ne pouvait me satisfaire.

Moi, je trouvais la théorie du Big Bang beaucoup plus plaisante et je n'étais convaincu ni par L'abeille, ni par Albator. Même si j'avais senti ce souffle me traverser de part en part.

Chacun, ses certitudes... jusqu'à preuve du contraire.

Pendant que je réfléchissais à cette... Essence, mes deux amis s'attaquèrent à un imprévu sujet de taille.

Albator se trouvait sous le coup d'une fascination plutôt inattendue.

« Pour en revenir au chef des "Opposants", j'ai décidé de lui attribuer un prénom. J'ai décidé de l'appeler "Phoenix" !!!

C'est beaucoup mieux que " le chien" ou encore son nom de pedigree trop impersonnel...

Je connais son histoire : complètement brisé dans ses os et dans son esprit, ce n'était plus que l'ombre de lui-même...

"[...]Sa chair était à vif sur tout le corps, seuls quelques poils restaient sur son cou et sa tête. C'était comme si tout le bas de son squelette avait été trempé dans du décapant. C'était irréaliste.[...] "

Et quand je le vois ici...si fort et si déterminé...c'est comme s'il était né de ses cendres...tel le phœnix.

Il est arrogant et hautain, mais je ne peux pas m'empêcher d'avoir une certaine admiration pour lui.

Il a souffert le martyr auprès des hommes, beaucoup seraient abattus après ça...même moi, je pense... mais pas lui.

Je ne suis même pas sûr qu'il soit du genre à se plaindre.

J'espère juste, qu'un jour, il mettra sa rancœur au profit d'une meilleure cause... »

Albator parlait avec exaltation de son ennemi le plus farouche mais ne remarqua pas la mine boudeuse de sa plus grande amie...Moi, si !

Et je me doutais un peu de ce qui la contrariait.

« Qu'est-ce qui se passe L'abeille?... »

Elle avait tourné le dos à Albator, en signe de mécontentement, donnant l'impression qu'elle allait se terrer dans le silence mais son naturel bavard reprit le dessus.

« Albator lui a donné un nom... à lui... le Border Collie qui n'est rien du tout pour nous et qui est même notre ennemi !

Moi, je suis votre amie...Je suis TON AMIE, Albator et j'ai même pas ce privilège !!!

Dans ma communauté, c'est normal d'être considéré comme un composant du groupe mais nous, c'est différent. J'aurais pensé que c'était plutôt moi qui aurait dû avoir un

nom. Parce que moi, je donnerais ma vie pour cette cause...
Et je dirais même, que je donnerais ma vie pour toi, Albator !!! »
Contre toute attente, mon Frère commença à dodeliner de la tête et à chantonner.
Je me disais qu'il était pris de folie et ne craignait pas le courroux de L'abeille... que dis-je... le DARD de L'abeille !
La musique occupait, maintenant, tout notre espace et faisait diversion.
A voir Albator se dandiner en rythme, une idée me traversa l'esprit... je n'osais y croire mais... se pouvait-il que toutes ces phases musicales qui surgissaient de nulle part, à tout moment, soient l'œuvre d'Albator ?...

"[...]
Listen, baby
Ecoute, bébé
Ain't no mountain high
Pas de montagne assez haute
Ain't no valley low
Pas de vallée assez profonde
Ain't no river wide enough, baby
Pas de rivière assez large, bébé
If you need me, call me
Si tu as besoin de moi, appelle-moi
No matter where you are

Peu importe où tu es
No matter how far
Peu importe la distance
Just call my name
Appelle simplement mon nom
I'll be there in a hurry
Je me dépêcherai d'être là
You don't have to worry
Tu n'as pas à t'inquiéter
[...]"
(Marvin Gaye et Tammi Terrell "Ain't no mountain high enough" 1967)

L'abeille avait déjà oublié qu'elle en voulait à mon frère : la musique ne la laissait jamais indifférente et elle se tortillait au son de la mélodie.
« Vous entendez ?...qu'est-ce que c'est?! »
Albator qui tapait de la patte, me dévisagea.
« Tu entends toi aussi?... »
En hochant la tête, je confirmai par l'affirmative.
Oui...
Albator était, donc, bien à l'origine de toutes ces bulles de bien-être.
Il diffusait des vagues de bonheur et la musique servait sa cause. C'était le moyen qu'il avait trouvé de se sortir des situations critiques qu'il rencontrait, ce qu'on appelait

communément une ressource personnelle, une soupape.

Voilà pourquoi des airs envahissaient régulièrement notre univers.

A chaque fois en rapport avec ce qui touchait Albator, elles incarnaient ses états d'âme et le protégeaient de leurs influences. Elles étaient également le lien entre lui et nous.

Ainsi, la chanson de Jimmy Cliff témoignait de notre cohésion, nous rassurait et nous vidait de toute amertume. Ce qui avait d'ailleurs très bien fonctionné sur moi.

Après son discours, cette même chanson était devenue le pur reflet de ce qu'il défendait dans l'arène et de ce qu'il voulait transmettre comme message : Nous étions tous "UN".

Celle de Marvin Gaye représentait le lien très fort qu'il partageait avec L'abeille et visait non seulement à atténuer sa peur de décevoir son amie mais aussi à la détourner de cette discrète "trahison".

D'ailleurs, en voyant celle-ci se lancer encore une fois dans un déhanché des plus entraînants, je ne pouvais que m'incliner : l'humeur de notre amie s'était adoucie en quelques notes. Albator possédait le grand pouvoir d'agir sur les émotions.

Et c'était communicatif car je tapotais de la patte, malgré moi.

« Oui!!! »

Pendant ce temps, Albator avait marqué une pause.

Devenu songeur, son regard s'illumina soudainement.

« J'ai trouvé ton nom !!! C'est pour cette raison que cette mélodie, une vraie référence à l'amitié, a surgi de…nulle part !!! »

Etrange…Mon frère ne semblait pas être conscient de son pouvoir. Ou peut-être ne voulait-il pas en discuter de suite ?...

L'abeille, s'arrêtant de danser à l'annonce de ces mots, le foudroya du regard.

« Tout, sauf Maya!!! »

Devant son air renfrogné, mon frère et moi nous étions esclaffés.

Je riais pour la première fois de mon existence.

Toutes les tensions emmagasinées jusqu'à lors, s'envolaient, une fois passé le cap de notre gorge. Plus nous déployions notre énergie à les expulser et plus je me sentais léger. Je comprenais maintenant les vertus libératrices qu'on attribuait au rire, chez les hommes…

Hum… La mine patibulaire de L'abeille me ramena brusquement à la réalité du moment. Un coup de coude bien placé dans les côtes d'Albator l'avait contraint à la rassurer, assez rapidement, histoire de ne pas réduire à néant les effets de la chanson.

«Hum… Mais non!!! Je t'appellerai comme l'interprète : Tammi ! »

Dans un premier temps, L'abeille pointa son menton vers

nous, en fronçant les sourcils puis ses traits s'étaient finalement détendus. Dans la foulée, elle se mit à virevolter et à fredonner, tout en harmonie avec l'air.

« Je m'appelle Tammi !!!!Je m'appelle Tammi !!!! Je m'appelle Tammi !!!... »

"Tammi, L'abeille" de Marie SOUTON, Mars 2022.

Moi, je la regardais d'un œil amusé.

Je ne pouvais aussi m'empêcher de penser à cette unicité que j'avais pu avoir dans ma famille.

Au même titre qu' Albator, à vrai dire.

Nous étions des Frères avec nos propres personnalités.

L'abeille n'avait pas connu ça, dans sa ruche.

Ses sœurs et elles étaient identiques et destinées à un seul but, servir leur reine. Pas de spécificité pour elles, juste un groupe.

Et Albator venait de lui offrir un cadeau merveilleux : *la conscience d'elle-même, de sa différence et de sa singularité.*

Il venait de lui offrir une Identité.

XIII

Une fois, l'euphorie de notre nouvelle "baptisée" passée, le calme était retombé...un calme pesant car empreint de douleur.

Le témoignage des verrats, ces cousins des cochons, remontait du fin fond de notre inconscient.

Leur histoire m'avait pris aux tripes, non seulement par son côté cruel mais aussi parce qu'elles étaient aussi à l'origine de la découverte de mon don de vision.

Plongé dans un profond silence, Albator semblait, lui aussi, encore sous le coup du discours des deux victimes.

J'aurais pu le laisser tout à sa réflexion, néanmoins, je tenais, comme à l'accoutumée, à assouvir ma curiosité.

« L'intervention des verrats était vraiment bouleversante...

Si j'ai bien compris, Malaki a effacé leur mémoire ?... »

Je demandais confirmation à Tammi.

D'une voix morne, elle m'avait répondu. La gaieté, suscitée par le côté inédit de son prénom, s'était envolée.

Pas un sourire, juste un ton grave...

« Oui, c'est ça... En fait, c'est un procédé qui est très rarement utilisé.

Lorsque on arrive ici, notre corps ne souffre plus des affres terrestres. Mais on garde notre mémoire. Ce qui fait que jamais on n'oublie notre passé.

Mais il arrive que les souffrances de certains atteignent un tel niveau que les dégâts psychologiques soient irréversibles. Alors, Ils décident de réinitialiser leur mémoire. C'est le *processus de réinitialisation*.

Après ça, tu te souviens de rien, t'es comme un nouveau-né : innocent et naïf.

Les réinitialisés sont destinés à vivre à Estrah, comme il est dit, là "*[...] où coulent les ruisseaux [...]*".

Là, ce n'est pas dérangeant d'être comme ça.

Personne ne penserait à leur faire du mal. Et tout le monde les regarde avec compassion car ils sont la preuve même de la terrible cruauté de l'Homme. Quiconque les ferait souffrir, ne vaudrait pas mieux que lui.

En tout cas, le fait que leur mémoire ait été effacée, ne veut pas dire que ceux qui les ont brisés, vont s'en tirer.

Il paraît que leurs actes sont consignés dans l'*Officialis libra*. Littéralement, le Livre Officiel...tous les actes répréhensibles des hommes y seraient notés...on dit qu'il y serait consigné les bonnes comme les mauvaises actions humaines

accomplies aussi bien sur les hommes, que sur les animaux ou encore l'environnement.

On a aucune certitude sur ce qu'ils font de ces informations.

Il est rare d'en entendre parler, et tu as eu le privilège d'assister à une assemblée assez peu ordinaire.

Il y a même une rumeur, presqu'une légende, qui est parvenue jusqu'à certains d'entre nous.

Un homme, un certain JYC, qui aurait combattu pour la protection de l'environnement marin sur Terre, y tiendrait une place particulière.

J'ai fait mes recherches et j'ai effectivement constaté son existence : Jacques Yves Cousteau, c'est son nom, un vrai passionné du monde marin. Il a réussi à obtenir "*en 1991, la signature d'un moratoire international qui vise à protéger l'Antarctique.*

C'est un traité internationale qui interdit toute exploitation des ressources naturelles du continent blanc jusqu'en 2048."

Même si nos notions sur le temps sont différentes, il semblerait que ce soit plutôt une grande victoire aussi bien pour les humains militants que pour nous... mais, ce qu'un homme fait, d'autres mettent toute leur ardeur et détermination à le défaire.

"*Ces dernières années, plusieurs pays ont réclamé l'abandon de ce moratoire, attirés par les richesses cachées sous la glace."...* »

La voix de L'abeille avait perdu de son intensité au même titre que son regard. Albator toussota légèrement, plus pour éviter à son amie d'avoir des idées noires que pour en savoir plus sur le Livre... mais la manœuvre me convenait parfaitement : je voulais en savoir plus.

Tammi avait retrouvé ses esprits.

« Enfin bref !

Mis à part ça, concernant *l'Officialis Libra,* c'est mystère et boule de gomme...

Qu'est-ce qui arrive à ceux qui ont mal agi ?

J'en sais foutre rien...

En tout cas, même si je suis à mille lieues de m'imaginer ce qui a pu arriver à ces verrats, j'espère sincèrement que leurs bourreaux passeront un mauvais quart d'heure...

Ces saligauds!!!... »

Ces derniers mots m'avaient fait réaliser que seuls, Albator et moi étions au courant du calvaire enduré par ces cousins si proches du cochon, lui même si proche de...l'homme.

J'aurais pu tout raconter à Tammi mais, la perspective de lui relater les faits et surtout, d'avoir à décrire ce que j'avais vu, représentait un supplice. Alors je m'étais tu, remettant à plus tard ma confidence sur la découverte de cette nouvelle faculté.

D'autres moments viendraient où la force de lui révéler mon ...don serait plus affirmée.

Comme s'il avait partagé cette même pensée, Albator me jeta un regard lourd de sens : le courage de parler lui faisait aussi défaut.

L'abeille, elle, sans même connaître les dessous de l'histoire, ne décolérait pas et, les poings serrés, continuait à ruminer.

« J'espère vraiment qu'ils vont le payer cher... »

Albator avait fermé les yeux en entendant ces dernières

paroles.

C'était bien là ce qui le distinguait de nous : son empathie, même pour ceux qui n'en méritaient pas.

A vrai dire, il devait penser qu'il ne fallait pas répondre à la violence par la violence...contrairement à Tammi que je sentais pleine de rage et de rancœur, tant et si bien qu'elle se déroba à notre attention, un furtif moment, pour écraser une larme qui allait rouler sur sa joue.

Une chanson aurait été la bienvenue...mais les notes n'arrivèrent pas.

En moi-même, je me disais que ces verras avaient perdu leurs souvenirs mais que ceux-ci résideraient en nous à tout jamais, comme s'ils étaient nôtres.

Finalement, Albator et moi faisions office de mémoire collective, permettant par la même de libérer les verras de tout ce poids.

Malgré cela, ce qui me faisait le plus mal, c'était de savoir qu'il y avait toute cette impunité sur Terre.

Peu à peu, je sentais ma volonté de changer nos conditions de vie, là-bas, grandir et se renforcer en moi : il fallait vraiment agir pour que tout cela cesse.

La tâche ne serait pas aisée mais c'était vital.

Après ses derniers mots, le cœur gros, Tammi nous avait quittés.

Albator, lui, s'était plongé dans ses tiroirs.

A chacun sa façon de cacher sa peine.

Moi, je priais pour qu'une mélodie vienne à mon secours, pour apaiser ma mélancolie. En vain.

Alors, moi aussi, j'avais commencé à tripoter mes tiroirs pour éviter de parler.

En savoir un peu plus sur mon don me semblait être une bonne idée et suffirait à divertir mon esprit.

Dans la base de données de Jana, deux choix s'offraient à moi : la psychométrie ou la noétique.

Le premier nécessitait d'avoir un objet ayant appartenu à la personne visée ou de la toucher pour en retirer des visions.

On appelait ça, aussi, la perception extra-sensorielle.

Le deuxième, par contre, était beaucoup plus complexe.

On pouvait avoir des visions sans lien direct avec les sujets, au-delà du temps, de l'espace, aussi bien en terme d'anticipation que de mémoire.

Albator avait un don d'empathie hors du commun. Il ressentait les affres de la douleur, de la peine... mais n'avait pas de vision, contrairement à moi.

Néanmoins, c'était le contact avec mon frère qui avait tout déclenché.

Peut-être que le fait, pour Albator, de se mettre à la place de l'autre, constituait pour moi une passerelle vers ce même être. Ce serait alors de la psychométrie.

Mais en y repensant bien, ma première vision avait été une prédiction sur la mort de la mère de notre maîtresse.

Et là, c'était plutôt de la noétique... au-delà du temps et de l'espace...

Nous avions, donc, mon frère et moi, chacun, un double don.

Albator avait celui d'empathie et d'influencer les émotions d'autrui, et moi, celui de psychométrie et de noétique.

Lorsque mes tiroirs s'étaient refermés, une grande fatigue m'avait assailli. Le silence trônait autour de moi.

Albator, non loin, était déjà endormi, son corps flottant doucement.

Un imperceptible sourire se dessina sur ses traits et, aussitôt, sur les miens. Notre havre de paix m'était apparu. Il faisait bon. J'entendais le bruit des gamelles dans la cuisine. Coco, comme d'habitude, était le premier à quitter la terrasse ensoleillée et paisible.

XIV

A mon réveil, mon vague à l'âme s'était dissipé.

Je reprenais peu à peu mes esprits et constatais, en m'étirant de tout mon long, que mon frère avait recommencé à fouiller dans ses tiroirs.

Je m'étais donc rapproché doucement de lui. Tout à sa tâche, il sursauta au son de ma voix.

«Qu'est-ce que tu fais?!...»

Reprenant son souffle, il campa sur ses pattes arrières.

«J'ai besoin d'occuper mon esprit de manière constructive. Je cherche un moyen de faire avancer les choses sur Terre... Alors, je m'occupe des baromètres de la Grande Maîtresse. En fait, je m'occupe de ses baromètres d'amour.»

Comme dans tous ses moments de grande interrogation, Albator avait commencé à lisser son oreille gauche.

«Oui, je suis arrivé à la conclusion qu'il était temps qu'elle trouve un épanouissement qui lui donne envie de continuer à écrire...

J'ai décidé de lui trouver le grand amour !!!»

Ainsi, Albator arbora un air plus que satisfait. Ses yeux, quelques instants plus tôt, si mornes, pétillaient maintenant d'allégresse.

Malheureusement, j'allais devoir jouer les trouble-fêtes car je n'approuvais pas ses intentions.

Ça me fendait le cœur de le contrarier car j'étais conscient de l'affection qu'il pouvait avoir pour notre maîtresse. Mais je n'avais pas le choix.

Aussi, le stoppai-je net dans son élan.

« Arrête ça tout de suite, Albator !!! »

Il cessa, immédiatement, de tripoter son oreille pour me dévisager, interloqué.

« Qu'est-ce qui t'arrive ?... Le baromètre, c'est l'une de nos missions premières !!! »

Face à lui, j'avais croisé mes bras et pris un air sévère.

« Ah, oui ??!!! Vraiment ??!!! Réfléchis-bien !!! »

La satisfaction quitta, de suite, les traits d'Albator pour laisser place à de l'incompréhension puis à de la gêne.

« Oui...je vois où tu veux en venir... je sais que notre mission prioritaire est la cause animale mais l'un ne va pas sans l'autre... Si la Grande Maîtresse trouve l'amour, elle ne sera que plus productive dans ses créations et dans ses engagements... »

A mesure qu'il prononçait ses mots, sa voix s'éteignait.

Il avait baissé la tête et poussé un soupir à m'en déchirer le cœur.

« Hum...tu crois, qu'une fois l'amour trouvé, elle n'écrira plus...c'est ça ?... »

J'abandonnais mon air austère pour me rapprocher de lui.

A voir sa mine défaite, il avait saisi ma logique et devait sûrement faire face à une lutte intérieure.

J'usais de délicatesse aussi bien pour lui faire entendre raison que pour me déculpabiliser.

« Je comprends que tu lui sois reconnaissant pour cette vie qu'elle t'a offerte...

Tu veux lui rendre la pareille et c'est légitime...

D'ailleurs, tu as bien travaillé : cet homme est parfait.

Ce n'est pas que je sois insensible au bien-être de notre maîtresse, mais notre œuvre n'est pas terminée... »

Accablé, Albator avait levé les yeux vers moi et essayé d'argumenter.

« Je suis d'accord avec toi mais Malaki a dit que… »

Passant mon bras autour de ses épaules avec douceur, je tuai son sursaut de combativité dans l'œuf.

« Malaki comprendra et tu le sais... »

Je sentis la poitrine de mon frère prête à exploser.

« Allons Albator... ce n'est que partie remise...

Lorsque nous aurons atteint notre objectif, tu pourras valider ton scénario.

J'ai étudié toute la vie de Maman et à chaque histoire d'amour, elle est entièrement dévouée à sa moitié. Tant et si bien qu'elle s'oublie elle-même... comme beaucoup de femmes et d'ailleurs, comme beaucoup d'artistes-femmes…

Tu n'as qu'à te renseigner sur les compagnes des grands peintres comme Rodin ou encore Picasso...

Je ne sais pas pourquoi elles ont une telle fascination pour les hommes qu'elles aiment au point de mettre de côté ou, du moins, en suspens leurs aspirations...alors qu'elles sont si douées, parfois même plus qu'eux.

Question d'époque, peut-être...de génération...

J'ose espérer que les choses vont changer...même si c'est l'homme qui continue à brider le monde...

Enfin bref...

Ce que je voulais dire c'est que notre...mère est bien mieux seule...pour le moment.

La solitude est plus bénéfique à la création...

D'ailleurs, Picasso lui-même disait : "*Sans grande solitude, aucun travail sérieux n'est possible.*" !!! »

J'avais prononcé ces mots avec le but de convaincre Albator de tout leur bien fondé, mais seul l'un d'entre eux, si doux à mon oreille, occupait mon esprit : *Maman*.

Parce qu'après tout, malgré le côté cocasse de la situation, (car nous étions des animaux et elle, un être humain) c'est ce que notre maîtresse représentait pour nous.

Elle prenait soin de nous, s'inquiétait pour nous et se réjouirait sûrement pour nous si elle avait connaissance de ce pour quoi nous œuvrions.

Aucun lignage à priori possible entre elle et nous, si ce n'était cette petite cellule commune remontant aux origines du monde, mais les faits demeuraient indéniables : un lien très fort nous unissait.

Si tout cela s'avérait étrange pour moi, Albator n'avait aucunement été troublé par ce mot dont l'évidence n'était, pour lui, pas à contester, tant il mettait en relief son amour sans limite pour notre maîtresse.

Faisant fi de ma confusion intérieure, je continuais à énoncer ma plaidoirie à Albator, abattu mais attentif.

« Nous ne pouvons prendre ce risque aussi parfait soit l'homme que tu lui as choisi.

Nous devons garder ce dévouement pour nous, pour notre cause. Malheureusement, nous nous devons d'être égoïstes. C'est le prix d'une cause à défendre.

Car vois-tu, l'amour est synonyme de compromis, de renoncement et stratégiquement, ça ne serait pas une bonne chose...après tout... »

"[...]On n'écrit pas qu'on manque de rien, qu'on est heureux, que tout va bien[...]"
(Zazie, "Sur toi", 2001)

La mélodie était sortie, bien malgré moi, de ma bouche mais tombait réellement à propos.

J'avais continué ma plaidoirie, inspiré par des faits qui me venaient naturellement à l'esprit.

« Souviens-toi du dernier homme en date dont tu m'as parlé... Bien sûr, il n'a rien à voir avec celui de ton baromètre mais quand il t'a vu, alors même qu'il la convoitait à peine, il avait déjà un a-priori sur toi.

C'était quoi déjà sa phrase ?... "c'est quoi ce bordel ?!!!"

C'était quand même toi, le bordel !!!

Tu ne dois ton salut qu'au fait que *Maman* lui avait déjà fermé son cœur.

Certains hommes ne peuvent souffrir la concurrence et étendent leur pouvoir jusqu'à nous évincer de la vie de nos maîtresses !!!

Et c'est ce que tu représentais : un concurrent !!!

Il y en a même qui font semblant de nous aimer devant nos maîtresses et lorsque personne ne les voit, nous maltraitent...

Heureusement, ils ne sont pas tous comme ça !!! »

A ces mots, j'avais senti la colère d'Albator monter.

« Je vois que tu as bien étudié !!! Mais tu as tort !!! Jamais, elle ne m'aurait laissé pour lui !!! »

C'était incontestable : elle n'aurait pu abandonner ses quatre chats et son lapin pour un homme.

« C'est vrai, tu as raison. Mais c'est cette succession de déceptions amoureuses qui a fait que nous avons pu faire partie de ce foyer.

Si le père de Loïs avait eu un quelconque intérêt pour la vie de famille, jamais un chat n'aurait passé la porte !!!

Xéna a ouvert le bal des adoptions car elle a été la sœur que *Maman* n'a jamais pu lui donner. Et c'est ce qui a réveillé son amour pour les animaux, fait grandir son empathie pour toi et développer jour après jour, son militantisme...

Le bonheur rend l'Homme égoïste et paresseux. Ce sont les accidents, les malheurs de la vie qui le rendent inventif, créatif et combatif.

Bien sûr, tout est relatif. Certains ne s'en sortent pas et sombrent dans la dépression. Tout est question de résilience, de ressources personnelles.

Mais j'ai un peu peur qu'un bonheur complet chez *Maman* ne la rende passive et oisive...

Tu comprends ?...

Cette partie de son destin n'est pas encore venue... mais elle viendra...plus tard... »

Albator ne disait mot.

Son oreille gauche subissaient les assauts réguliers de ses pattes avant et les tiroirs avaient disparu.

Il finit par s'exprimer, le regard dans le vide, un long soupir précédant ses paroles.

« Je crois que tu as raison...

Son amour pour un homme viendrait, en effet, retarder notre projet.

Et je suis d'accord avec toi, cette partie de son destin n'est pas encore venue.

Il est vrai que nous devons agir par priorité et notre cause EST une priorité, LA priorité.

Notre Grande Maîtresse serait d'accord avec nous et je sais que je ne la trahis pas en agissant ainsi.

Mais, effectivement, ce n'est que partie remise !!! »

L'œil rieur, il m'attrapa par les épaules pour me serrer contre lui.

Encore une fois, son optimisme venait balayer la fatalité.

« Je crois que Dieu s'est vraiment trompé !

C'est toi l'Elu !

Et si L'abeille avait été là, elle aurait confirmé mes dires : tu es mon "Sam Gamegie" !!! »

Je ne pus m'empêcher de sourir en pensant à Tammi, increvable tolkienite[1].

Qui l'aurait cru... Une abeille !

Albator poursuivit son éloge, sur le ton de la moquerie.

« En tout cas, je ne te savais pas aussi sentimental !!!

Tu vas jusqu'à appeler notre Grande Maîtresse, *Maman* !!!

Derrière ce côté rabat-joie, se cache un cœur immense !!! »

Je restais admiratif devant tant de résilience. Je venais de l'assommer en contre-carrant ses projets et il trouvait l'énergie d'en rire. Je n'avais, évidemment, pas d'autre choix que de donner le change.

« Oh ! Surtout, ne le dis à personne !!! Je n'aime pas être percé à jour !!! »

Albator s'était esclaffé de bon cœur.

Et Alors que je ne m'y attendais pas, la musique s'était jointe à notre bonne humeur.

Rabattant ma mèche rebelle vers mes oreilles, je me jetais, d'un bond, sur le côté et fermais les yeux, histoire de profiter

---

1 Tolkienite : Fan de Tolkien

de ce rare moment de légèreté.

*[…]***Then I look at you**
Puis je t'ai regardé
And the world's alright with me
Et tout dans ce monde est rentré dans l'ordre pour moi
Just one look at you
Juste un seul regard en ta direction
And I know it's gonna be
Et j'ai su que j'allais passer
A lovely day
Un jour formidable
... lovely day, lovely day, lovely day...
*… Un jour formidable, jour formidable, jour formidable. **[…]***
(Bill Withers, "Lovely day", 1977)

XV

Je m'attendais à ce que cette mise au point entraîne une certaine mélancolie chez Albator, malgré sa naturelle bonhomie. Mais il fut, au contraire, pris d'une sorte de frénésie.

J'étais subjugué par sa force de caractère et cette capacité à rebondir quelques soient les épreuves.

Les tiroirs s'agitaient sans arrêt.

Tout cette agitation m'intriguait. Cependant, étant donné que nous avions convenu ensemble de ne pas influencer les baromètres de notre maîtresse, l'idée de le déranger m'abandonna aussitôt : Albator pouvait devenir soupe au lait lorsqu'il était interrompu dans ses entreprises.

Je le vis, soudainement, cesser de gesticuler dans tous les sens, avec ce sourire aux lèvres, preuve de son contentement.

C'était le moment que j'avais choisi pour me jeter à l'eau.

« Euh...Albator ?... »

Je le sortais de sa rêverie.

« Hum… Qu'est-ce-qui se passe ?... »

Je réduisis alors la distance entre lui et moi.

« Si ce n'est pas trop indiscret...Qu'est-ce que tu fais ?...Tu m'as l'air bien fier de toi… »

Albator, amusé, adopta une moue énigmatique.

« Hum… Je ne sais si je peux te mettre dans la confidence… Tu es un sacré rabat-joie !!! »

Ces derniers mots me firent craindre le pire.

« Qu'est-ce que tu as donc fait, Albator ?... Tu es toujours soit trop optimiste, soit trop confiant… »

Albator se redressa, pointant son menton vers moi.

« C'est un peu vexant ce que tu me dis là ! Tu considères que je suis inconscient et naïf, donc ?... Eh bien, sur ce coup-là, tu peux dormir sur tes deux oreilles !!!
Mais je ne te dirai rien pour la peine !!! Ce sera ta punition !!! »

J'appréciais ce trait de caractère, chez mon frère : il était rarement vexé et prenait toute critique à contre-courant, même si, finalement, il en prenait compte.

Fier de lui, il continuait à me narguer gentiment.

« Je ne te dirai rien ! Tu auras bientôt vent de mon affaire… »

Je me résignais à demeurer dans ma frustration, commençant à vaquer à mes recherches sur les bases de données, mais c'était sans compter sur l'impatience d'Albator.

« Ben, tu n'insistes même pas pour savoir de quoi il en retourne ?!!!
T'es vraiment pas marrant !!! L'abeille m'aurait harcelé, elle !!! »

Feignant l'indifférence et continuant à regarder une vidéo,

j'avais pivoté vers lui, avec nonchalance. Mais, en mon for intérieur, je jubilais !!!

« Tu m'as dit que je finirais par avoir vent de ton "affaire"... Donc, je suis patient ! »

Albator avait haussé les épaules, mais se rapprochant de moi, il se mit à chuchoter comme si nous n'étions pas seuls, donnant à son "affaire" des allures de secret diplomatique !

« Je travaille depuis quelques jours sur un projet et je suis en train d'y mettre la touche finale...

Tu veux voir ?... »

Au plus profond de moi, je n'y tenais plus. Mais, en apparence, j'avais modéré mon enthousiasme en jouant les détachés.

« Pourquoi pas !... »

Un tiroir s'était aussitôt dévoilé.

La jolie frimousse d'un lapereau bélier nain, à la robe "caramel" se présenta à moi.

Sur un petit support en forme de pyramide, il pirouettait sur lui-même.

Albator, lui, était au summum de son excitation.

« TADAAA !!! Je te présente notre nouveau passeport pour la Terre ! »

D'abord interdit, j'avais fini par éclater de rire, jusqu'à m'en donner des douleurs aux côtes.

« C'était mal te connaître que de croire que tu allais abandonner l'idée de retrouver Xéna !!! »

Mon frère trépignait des pattes, ravi de partager sa création.
Quel plaisir de le voir si heureux, après tout ce stress que je lui avais fait endurer !

Force était de constater que sa réserve de "*ressources personnelles*" était bien remplie.[2]

Contemplatif, Albator ne quittait pas des yeux, son œuvre.

"Il est mignon, non ?!..."

Le petit lapin nous regardait, remuant son nez, avec espièglerie.

---

[2] Cf : Rubrique "Ici-bas avec l'auteur", Page 244.

XVI

" Jeudi 20 Mai 2021 était un grand jour.
J'allais chercher un nouveau membre de notre famille : Noham.
J'avais fait quelques petites recherches sur internet et "Noé" s'était d'abord imposé à moi.
Mais, j'avais fini par trouver ce beau prénom trop…ordinaire.
Alors j'avais cherché les déclinaisons qui en étaient faites et découvert ce qui allait être son prénom à la ville.
Un rendez-vous avait été convenu à midi chez mon amie et en rentrant son adresse sur mon téléphone, l'application m'avait indiqué un temps de trajet de trente minutes… Si ce n'est que j'avais tourné en rond dans le quartier pendant un quart d'heure.
Je détestais ces itinéraires préconçus dont nous étions tributaires…mais il fallait avouer qu'ils étaient, la plupart du temps, bien pratiques.
A midi vingt, j'étais arrivée à destination : mon amie m'attendait, devant son portail, impatiente de me revoir.
Ma nouvelle activité d'infirmière et la crise sanitaire nous avaient un peu éloignées et seuls subsistaient les sms et quelques rares appels téléphoniques.
Pas d'embrassade comme à l'ordinaire, mais le cœur y

était : nous étions toujours sous le joug des recommandations de santé liées au COVID. Distance et masque étaient de rigueur.

J'avais confirmé à Tessa que je n'avais toujours pas repris le travail, ma tendinite étendue aux deux épaules étant devenue chronique.

En prenant des nouvelles de mes anciens collègues, mon amie m'avait rapporté les dispositions mises en place pour lutter contre le virus : travail à domicile avec espace et matériels dédiés, alternance des jours de présence sur site, pour éviter les contacts…

Les restrictions auxquelles nous étions soumises rendaient ces retrouvailles délicieuses. Ce n'était que fous rires et bavardages incessants.

Une fois l'euphorie passée, Tessa m'avait invitée à entrer.

Je m'étais alors mise à admirer sa demeure et son jardin simple mais ravissant, de la petite brouette en bois emplie de compositions florales à la boîte aux lettres en forme de maisonnette d'inspiration portugaise.

L'intérieur était tout aussi charmant : un petit corridor desservait un escalier menant aux chambres et une cuisine ouverte sur une grande salle à manger avec un passe-plat en forme d'alcôve.

L'ensemble donnait sur un patio et une arrière-cour, tous deux agréablement lumineux.

Une petite chatte grise, à qui il ne restait plus qu'un œil, nous avait accueillies et menées jusqu'à une cage. A l'intérieur, je découvrais une petite boule de poils couleur caramel, au ventre blanc, dont les oreilles étaient presqu'aussi longues qu'elle.

J'étais sous le charme : c'était Noham.

Mais étrangement, j'avais trouvé que ce prénom ne lui allait pas. Trop sérieux, trop grave...

En le sortant de sa cage, il m'apparaissait comme naïf et innocent.

La veille, Loïs m'avait proposé de l'appeler comme le personnage de Voltaire qu'elle avait récemment étudié et dont elle ne tarissait pas d'éloge : Zadig, sage en quête de vérité, exposant une réflexion sur le bonheur. Et en voyant ce petit bout, je m'étais dit que ce prénom lui était plus approprié.

Alors, en un éclair, j'avais pris ma décision. Ce serait son nom de baptême et, en même temps, une surprise pour ma fille.

Au début, je n'avais pas osé prendre le petit lapin dans mes bras.

Il me semblait si petit et si fragile. Je pouvais le tenir dans le creux de ma main.

Mais à le voir courir derrière la petite chatte et se cacher derrière les meubles pour lui échapper, j'avais compris que ce n'était qu'une apparence.

Rien ne semblait l'intimider, pas même moi qu'il connaissait à peine : il se laissait caresser, repartant aussitôt à l'aventure, une fois posé à terre.

J'avais laissé le soin à Tessa de le réinstaller dans la cage.

J'assistais, alors, à ce que je n'avais jamais vu chez mes deux précédents lapins : la petite boule de poils s'était accrochée aux barreaux de toutes ses forces et à l'aide de ses dents, faisait trembler la cage. Tessa avait cru bon de préciser qu'il n'était pas content de retrouver son intérieur mais la scène se passait de commentaires. Il était indéniable que Zadig ne supportait pas d'être enfermé. Pendant ce temps, j'avais pris soin de prendre rendez-vous chez le vétérinaire pour sa vaccination et m'assurer de sa bonne santé.

Il était préférable de s'y prendre à l'avance car la clinique spécialisée en NAC (Nouveaux Animaux de Compagnie), Exotic clinic, qui se trouvait à Nandy dans le 77, était très sollicitée.

Et j'avais bien fait : notre consultation était prévue pour le Vendredi de la semaine d'après…

Nous avions momentanément laissé le petit bout pour aller manger au restaurant ou du moins... à l'extérieur du restaurant.

A cause du Covid, seules les terrasses étaient autorisées à accueillir les clients. Le temps était gris et les rares rayons du soleil n'avaient pas suffi à nous réchauffer. Alors, nous ne nous étions pas éternisées.

Après nous être promis de nous contacter régulièrement, j'avais quitté Tessa.

Dans la voiture, j'installais la cage de transport à l'avant, protégée par la ceinture de sécurité et près de moi.

A l'intérieur, Zadig, intuitif, avait compris que j'étais sa nouvelle maîtresse. Il s'était allongé, sa tête vers moi pour pouvoir m'observer à loisir, à travers les ouvertures.

J'avais une envie irrépressible de le prendre contre moi et chaque feu rouge était une occasion de lui prodiguer une petite caresse sur le front du bout des doigts.

Zadig semblait apprécier ces démonstrations et avait fini par s'endormir, bercé par les impulsions de la voiture.

Arrivé à la maison, le petit lapin avait immédiatement pris possession des lieux.

L'ancienne cage d'Ulysse était devenue la sienne et il avait investi chaque coin du salon, cherchant à faire connaissance avec les chats méfiants.

Rapidement, la petite boule de poils s'était allongée de tout son long pour se reposer, épuisée par toutes ces nouveautés.

Rentrée des cours, peu après dix-sept heures, Loïs s'était précipitée vers Zadig, le serrant contre elle et le caressant de sa joue. Satisfait de toute l'attention qu'on lui portait, il n'avait montré aucune opposition.

Une fois reposé au sol, sous les yeux stupéfaits de Caca (Coco) et de la Grande (Xéna), il s'était lancé dans une course-poursuite en solitaire, exécutant une succession de petits bonds, les oreilles au vent : il était heureux d'être parmi nous."

Extrait de l'Officialis Libra,
Rubrique Humains,
Fin de l'Epoque Contemporaine Européenne.

XVII

Albator et moi nous étions regardés, stupéfaits.

« Mais qu'est-ce que c'est que ce nom ?!!!... Zadig ?!!! »

Alors que je m'insurgeais, j'avais vu les tiroirs de mon Frère apparaître.

Des pans de textes, nous présentant l'histoire de l'inattendu prénom, flottaient dans les airs.

Je lus les mots à haute voix pour nous deux, tout en faisant des commentaires.

Albator se tenait à mes côtés, attentif à tout ce que j'énonçais sur le nouveau membre de notre famille.

« Alors…ça viendrait de l'oeuvre "*Zadig ou la destinée*"…de Voltaire. C'est un philosophe du XVIIIème… Oui, j'ai déjà vu des citations de lui… »

Mon Frère illustra, sans attendre, mes dires.

« Oui, c'est lui qui a dit "*On peut juger du caractère des hommes par leurs entreprises.*"

Donc, il y a de forte chance pour que ce soit vraiment symbolique pour notre Loïs…

Mais, je t'en prie, continue… »

Cette citation me faisait déjà regretter d'avoir pu penser que notre jeune maîtresse avait choisi ce prénom sur un coup de tête.

Je repris, par conséquent, ma lecture avec un nouvel engouement.

« *"Zadig est présenté comme un sage. En effet, il possède de nombreuses qualités humaines (compassion, honnêteté, sens de la justice et de la morale…) et est un homme qui tend à maîtriser au mieux ses passions."* »

Les similitudes de ce personnage, avec Albator, étaient saisissantes.

« C'est marrant, ça me rappelle quelqu'un !!! »

Cette note humoristique me permettait de faire oublier ma récente indignation face au choix de ce prénom. Du moins, je l'espérais jusqu'à ce que je vois Albator sourire, avec cette éternelle tolérance. Il n'était pas dupe, néanmoins, il m'avait encouragé du regard à continuer ma lecture.

« *"[...]De plus, il est physiquement beau, et jeune.*

En somme, Zadig est un héros idéalisé, mais aussi idéaliste [...]

Zadig recherche la vérité partout et aspire à un monde juste et parfait.

Cependant [...]dès le début du conte, il a du mal à accepter le fossé qui existe entre son idéal du monde et la réalité de celui-ci. [...]

[...] Il traverse donc des épreuves multiples comme la trahison, l'esclavage [...], la prison [...], la jalousie… La Providence s'acharne sur lui. Ces épreuves sont les étapes de son apprentissage du monde. Il doit donc accepter le

monde avec le mal qui existe en lui. [...]"
Ok... Mea culpa... Je comprends mieux pourquoi Loïs insistait pour appeler notre petit nouveau, ainsi...
Finalement... Zadig, c'est pas mal... »
Albator avait hoché la tête..
« Hum... Elle s'est reconnue en ce personnage. Et il représente un peu toute la désillusion de la jeunesse dont elle fait partie. *"[...] le fossé qui existe entre son idéal du monde et la réalité de celui-ci. [...]"*
Moi aussi, il me plaît ce nom.
En plus, il est vraiment beau, ce petit lapin !!! »
L'image de Zadig s'était révélée dans toute son innocence et insouciance. Né sous une bonne étoile, ce lapereau resterait vierge de toute maltraitance.
C'est vrai qu'il était mignon, pas beau comme l'avait dit mon Frère mais plutôt attendrissant. Il était bien trop jeune pour qu'on puisse dire de lui qu'il était beau !!!
Albator, lui, sourit discrètement, à la vue du petit lapin bélier.
Il savait qu'il offrait à Zadig, une destinée hors du commun et qu'il représentait aussi cette passerelle vers Xéna.
Nous en étions là, lorsque Tammi nous sortit brutalement de nos réflexions.
« Salut les copains !!! Vous faites quoi ?!!! »
S'avançant à petits pas vers Zadig, L'abeille avait écarquillé les yeux.
« Oh... il est trop beau, ce petit lapin!!! C'est qui ?!!!

C'est votre Frère ?!!!... Trop mignonnes, ses pattes de Hobbit !!! »

J'haussais les épaules devant notre amie en admiration.

« Il est pas beau, il est mignon !!! »

Tammi et mon Frère pensaient que je n'avais pas vu leur petit manège : après un échange de regards complices, L'abeille s'était mise à jouer les provocatrices.

« C'est bon ! Fais pas ton jaloux ! Il est plus beau que toi, c'est pas grave !!! »

Je pris le parti de ne pas relever : ils étaient décidés à se moquer de moi et je ne voulais pas tomber dans le panneau.

Feignant l'indifférence, je présentai à L'abeille, le petit dernier de notre fratrie.

« Hum… Je te présente Zadig...notre petit Frère… »

Taquine, elle s'était placée entre Albator et moi.

« Ah ben, c'est vraiment un beau gosse, lui !!! Vous avez du souci à vous faire !!! »

L'abeille avait pour intention de me piquer mais l'air renfrogné d'Albator vint semer le trouble. Il pensait à Xéna.

Tammi n'aurait jamais imaginé qu'Albator puisse se sentir menacé par Zadig. Moi non plus d'ailleurs...

Et l'abeille se serait sûrement abstenue de faire des commentaires superflus si elle s'en était doutée.

Confuse, elle s'empressa de réparer sa maladresse.

« Mais il n'est sûrement pas du goût de tous. Et puis... cette couleur, c'est vraiment…particulier… Hein ?… »

En vain.

Albator boudait, bras croisés et regard noir.

Et Tammi peinait à lui faire entendre raison.

« Ecoute, Albator, j'ai vraiment dit ça pour plaisanter. Tu sais très bien que le lien qui existe entre Xéna et toi est unique… »

Alors que j'allais intervenir, mon Frère me fit un rapide clin d'œil.

Bien sûr… si l'idée que Zadig puisse être un éventuel séducteur avait traversé l'esprit d'Albator, L'abeille s'était emparée d'un argument incontestable : Xéna et lui entretenaient une relation particulière. Rien ne pouvait les séparer…à l'instar de…de…de… Bonnie and Clyde !

Bon…exemple plutôt audacieux mais l'idée était là !

En tout cas, Albator, lui, avait conscience de la singularité de ce lien et il prenait un malin plaisir à taquiner son amie.

Tammi avançait péniblement sa plaidoirie.

« Tu le sais bien, Albator… Tu peux lui faire confiance… »

Elle s'inclina légèrement vers moi, l'air désespéré, réclamant mon soutien. J'avais affiché une mine de circonstance et effacé mon envie de m'esclaffer.

« Ben, c'est vrai qu'il est beau gosse mais c'est sûrement pas le genre de Xéna !

Et puis tant pis, après tout : une de perdue, dix de retrouvées !!! »

L'abeille me lança une regard furieux.

Dard en avant, elle était prête à m'attaquer.

« Quoi!!! Mais qu'est-ce que tu racontes ?!!! C'est quoi cette phrase misogyne ?!!!

Je peux te dire que j'ai qu'un seul dard, mais qu'il en vaut dix !!! »

Au regard de l'urgence de la situation, Albator avait fait rempart de son corps.

« Ok, ok, Tammi !!! Calme-toi ! On te fait marcher !!! »

Il voulut prendre L'abeille dans ses bras, mais celle-ci fit volte-face.

« Bande d'imbéciles !!! Je m'en vais, vous me fatiguez !!! »

Je tentais, de façon maladroite, de retenir notre amie.

« Allez, ma Tammi ! On plaisantait ! C'était pour rire ! »

Mais elle avait déjà disparu.

Albator s'amusait toujours de la situation mais avec une pointe de remord.

« On va essayer la vidéo-conférence… »

Il frappa dans ses mains, deux fois, en ajoutant "vidéo-conférence L'abeille !", puis "vidéo-conférence Tammi !" mais, à chaque fois, sans résultat.

« Bon, je vais aller la chercher ! Je suis sûre qu'elle n'est pas chez elle. En attendant, essaie de la contacter par vidéo !»

J'allais demander à Albator où il comptait la retrouver mais j'eus le temps de l'entendre dire "Estrah" avant de frapper dans ses mains et de disparaître.

Le silence avait envahi l'atmosphère, me faisant réaliser que la dernière fois où je m'étais retrouvé seul, remontait à mon arrivée à Jana.

Le vide m'entourait de toute part et je me sentis, tout à coup, oppressé. Je ne voulais pas rester ici et me triturer l'esprit pour trouver où fuir cette réalité pesante.

Heureusement, L'abeille ne tarda à me rejoindre...à mon grand soulagement.

C'était dans sa nature : pas rancunière pour un sou, selon l'expression humaine. Elle nous portait suffisamment d'affection pour nous pardonner nos moqueries.

Elle m'avait gratifié d'une grande claque sur l'épaule pour notifier sa présence.

« Alors, il est où l'autre gros bêta ?!!! »

Je lui souris de toutes mes dents, heureux de voir que notre contentieux s'était terminé aussi rapidement.

Elle tentait de garder son sérieux mais mourait d'envie de pouffer de rire.

« Alors, il est parti où ?!!! »

Je l'avais serrée contre moi, avant même de prendre conscience de mon geste.

« Sacrée toi, va ! Notre ami est parti à ta recherche, ma chère ! Il est parti à Estrah ! »

Mais je n'avais pas eu le temps de me sentir gêné par cet élan d'affection : L'abeille s'était, aussitôt, défaite de mon étreinte. Elle avait pris un air grave et inquiétant.

« Comment ça, il est parti à Estrah ?!!!... Seul ?!!! »

C'était plutôt étonnant comme question.

« Ben, je suis là !!! Tu veux qu'il y soit allé avec qui ?!!! »

Tammi ne releva pas ma remarque.

A l'instar d'Albator, dans ses moments de nervosité, elle s'attaqua frénétiquement à une de ses antennes.

J'étais sur le point de lui demander ce que nous allions faire pour rejoindre mon frère mais elle posa l'extrémité de sa patte crochue droite sur mon museau.

Et je me tus, attendant la fin de sa courte réflexion.

Je fus donc surpris de la voir frapper dans ses mains et prononcer "Estrah", en m'ordonnant, sans ambiguïté, ce que je redoutais.

« Ne bouge surtout pas d'ici ! Pas la peine d'aller te perdre, aussi !

Je pars à sa recherche ! »

Décidément, mes amis considéraient que j'étais juste bon à jouer les hôtes et à garder la maison... cette maison qui n'avait ni mur, ni fenêtre, qui n'était pas une maison d'ailleurs et qui me donnait la nausée...

Et puis, mince !!! Hors de question que je me morfonde là, à les attendre.

Contre toute attente, j'avais frappé dans mes mains.

« Estrah ! »

XVIII

J'avais traversé le tunnel, sans appréhension cette fois-ci.

Je m'amusais encore de la susceptibilité de L'abeille, elle qui se moquait d'Ulysse et de moi à la moindre occasion.

Serait-elle offusquée si je lui disais : « Ne fais pas aux autres ce que tu ne veux pas qu'on te fasse ! » ?!...

Pendant que je pensais avec délice à ce moment, je déambulais sans savoir où j'allais.

Une seule certitude m'habitait, celle que je ne pouvais que me rendre à Estrah puisque c'était la destination que j'avais choisie.

Aucune indication pour me repérer.

Tout était blanc, sans limite... Comme d'habitude !

Pourquoi en serait-il autrement ?!...

J'essayais de suivre une ligne droite imaginaire me persuadant qu'elle me mènerait bien là où je souhaitais et, surtout, à Tammi.

A ma grande joie, sur ma droite, une lueur aux teintes plutôt inattendues, contrastant avec notre univers immaculé, attira mon attention.

En me rapprochant, j'aperçus au loin, une arène aux teintes rougeâtres, dans l'entrebâillement de ce qui ressemblait à une porte... Elle se dessina, au fur et à mesure, devant mes yeux incrédules.

Cette porte... ressemblait à s'y méprendre à "La porte de l'enfer" de Rodin sauf que les corps, emprisonnés dans une sorte de granite, étaient bien réels, faisant tout leur possible pour s'en extirper dans un effort surhumain.

Ainsi leurs yeux globuleux étaient comme prêts à sortir de leurs orbites. Leurs bouches hurlaient mais leurs cris étaient étouffés. Leurs mains tentaient, désespérément, de s'agripper à d'hypothétiques sauveurs mais une force invisible semblait retenir leurs corps et les repousser vers la matière.

Au-delà de cette porte, je pouvais entrevoir plusieurs volutes semblables à Malaki. Elles étaient d'une dimension telle que je n'en voyais pas le bout.

D'un rouge foncé tirant presque sur le bordeau, elles étaient effrayantes et telles des flammes, venaient lécher le visage de deux hommes qu'elles entouraient, les empêchant par la même de fuir.

Une seule pensée me traversa alors l'esprit : pour rien au monde, je n'aurais voulu être à leur place.

Derrière les volutes dont l'intensité variaient par endroit, je réussis à croiser le regard des deux inconnus. Ils avaient tourné la tête vers moi, dans un même mouvement.

L'un subissait les affres de la peur, de la douleur et me suppliait de tout son être, de mettre fin à toute cette souffrance. Il semblait solliciter mon aide pour que j'intervienne. Tant et si bien que ses yeux donnaient l'impression d'hurler, dans des orbites trop petites pour les contenir. Ils couvraient même le râle d'agonie que j'arrivais à percevoir malgré tout.

L'autre avait un regard à glacer le sang. On y lisait la méchanceté, la cruauté. Un filet de bave coulait le long de son menton. Son visage se déforma, dans un excès de sadisme à mon encontre, et je l'avais senti prêt à bondir vers moi. Tout en lui oppressait et inspirait l'aversion et le dégoût.

Des relents de pourriture exhalaient de toute sa personne et tentaient de s'accrocher à moi.

Alors que mes pattes étaient, jusqu'à ce moment, plantées dans le sol comme dans du béton, j'eus soudainement un mouvement de recul, par crainte de son assaut.

Pendant un temps infime, j'avais repensé aux empreintes de Xéna, dans la neige si blanche, et à cette douce caresse du vent frais sur mon pelage. Mais tout cela ne tarda pas à virer au rouge incandescent. Il faisait chaud...trop chaud... J'étouffais.

L'homme malfaisant se rapprocha de moi et des effluves de soufre mêlées à la puanteur commencèrent à transpercer tout mon être. J'étais sur le point de crier lorsque la porte se referma subitement, laissant échapper un dernier relent fétide et brûlant, me coupant la respiration et me faisant craindre pour mon pelage.

Peu à peu, la lueur rouge qui filtrait sous la matière, s'était fondue, évanouie dans le blanc immaculé jusqu'à ne plus être qu'une illusion pour mes yeux.

Reprenant mes esprits, je réalisais de quoi il s'agissait.

Ces deux personnalités, bien qu'à l'opposé, appartenaient au même être.

C'était la lutte entre le bien et le mal qui faisait rage en lui et j'en avais ressenti tous les tourments.

C'était à priori son jugement pour les actes commis sur Terre…

Alors tout cela existait bien…

Ulysse ne voudrait jamais le croire…

Une force s'exerça soudain, sur mon épaule.

Je ne savais pas si tout cela était réel ou pas et finalement, j'aurais préféré être en plein somme.

Surtout que la pression s'était faite insistante. J'avais peur. Mon cœur, sur le point de sortir de ma poitrine, remonta jusqu'à ma gorge en un cri qui me donna le courage de me retourner.

C'était ça ou prendre mes pattes à mon coup.

Mais je voulais voir, malgré cette peur immense au ventre, ce qui m'avait attrapé l'épaule.

Je m'encourageais en m'égosillant de tout mon soûl. J'étais prêt à asséner un coup violent à ce qui me terrorisait déjà, quand les traits de L'abeille m'apparurent dans un brouillard qui se dissipait progressivement.

Elle me dévisageait, interrogative.

« Qu'est-ce qui t'arrive ?!!!... »

Freiné dans mon élan, j'étais partagé entre l'envie de sauter au cou de L'abeille et celle de m'effondrer.

Haletant et tentant de regagner mon souffle, j'eus à peine la force de lui murmurer quelques mots.

« Rien…C'est rien… »

Épuisé et soulagé, j'avais laissé mes pattes retomber de tout leur poids.

Mais mon amie n'était pas dupe. Elle jeta, de suite, un coup d'œil circulaire sur la surface blanche qui nous entourait.

J'avais suivi son regard immobile, fixé sur une minuscule alvéole rouge qui disparaissait.

L'abeille était restée là, sans bouger, de peur de la perdre de vue, mais il ne subsistait plus rien de l'aspérité.

Tammi se redressa, interdite

Songeuse pendant un court instant, le regard dans le vide, elle avait parlé comme un automate.

« C'était Riyadasda…Tu as vu Riyadasda… »

J'étais de nouveau calme mais pas plus serein.

« De quoi tu parles ?...Tammi ?!! »

D'une voix morne, elle répéta ce nom que je ne connaissais pas.

« Riyadasda. C'est le jardin des supplices, du jugement dernier… Il n'y a aucune preuve de son existence.

Personne n'a vu cette partie de Jana…

Sauf…toi, apparemment… »

A ces mots, je m'étais tu.

Elle ne faisait que confirmer ce que j'avais déduit.

Alors, c'était bien vrai...

Pas d'immunité, ni d'impunité dans ce monde...

L'abeille, comme revenue à la vie, me poussa avec fermeté et empressement.

« Viens...On rentre...Mieux vaut ne pas traîner dans les parages... Si tu as vu Riyadasda, c'est que nous sommes sur Al Aâraf, le mur qui se trouve entre l'Enfer et le Paradis. »

Elle jeta des regards inquiets aux alentours.

« Ici, errent les gens dont le nombre de bonnes actions équivaut à celui de leurs mauvaises actions. Et par conséquent, je ne sais pas quel ordre règne ici...»

Elle s'apprêtait à nous ramener à bon port lorsque quelque chose s'agrippa à ma patte.

Les réminiscences de Riyadasda, que j'avais hâte de rayer de ma mémoire, ressurgirent dans mon esprit. Le regard mauvais de l'homme jugé m'apparut comme réel et plus que jamais menaçant.

J'étais prêt à hurler de toutes mes forces lorsque je reconnus la robe automnale d'Ulysse.

Hors d'haleine, il s'accrochait fermement à moi.

« Je tourne en rond depuis une éternité... C'est parfait...Je vous ai retrouvés tous les deux... Laissez-moi reprendre mon souffle et on repart...Sinon, je vais mourir... »

Ulysse tentait de ralentir les mouvements de sa poitrine

mais L'abeille avait applaudi avec un air plus que satisfait.

« Maison d'Albator !!! »

Le tunnel nous happa alors que les derniers mots de L'abeille flottaient encore dans l'air.

« C'est ma petite vengeance !!!

En avant, mauvaise troupe !!! »

Quelle petite peste, cette Tammi !!!...

XIX

J'avais subi les à-coups du tunnel comme une multitude de tourbillons et de jets.

Ainsi, je m'étais redressé, avec peine, une fois arrivé auprès d'Albator et de L'abeille.

Malgré son envie de revanche, elle ne put s'empêcher de jeter un œil inquiet sur moi.

« Ça va ?... »

J'aurais aimé faire bonne figure et répondre fièrement…mais la sensation de malaise, bien plus forte que moi, altérait mon mon amour-propre.

« Je crois que je vais vomir… »

Tammi avait souri timidement, peut-être consciente d'être allée un peu trop loin.

« Arrête tes bêtises... Tu sais très bien que les lapins ne peuvent pas vomir... »

Malgré les courbatures qui me donnaient l'effet d'être passé sous un rouleau compresseur, elle continuait à forcer mon admiration : elle était bluffante... un vrai puits de connaissances !

« Oui…c'est vrai…Mais comment tu sais ça ?!!! »

En étirant tous mes membres, je me rendais compte que la douleur quittait mon corps progressivement. En un rien de temps, j'avais fini par sautiller pour retrouver définitivement ma mobilité.

Voyant que je reprenais du poil de la bête, L'abeille me tapota l'épaule, alors que j'étais revenu auprès d'elle.

« Je lis moi !!! Contrairement à d'autres !!! »

C'était devenu un jeu pour elle de me taquiner à la moindre occasion... mais ça ne me déplaisait pas. Dans cet univers, elle contribuait à atténuer la morosité de mes "journées".

Alors, je continuais à jouer les rabat-joies !...

J'adoptai une mine boudeuse.

« Ha ! Ha ! Ha !...très drôle !!! »

Pendant que nous étions là à babiller, nous ne remarquâmes pas qu'Albator restait prostré, comme perdu dans un autre monde.

Mais il attira notre attention en pensant à haute voix. Il semblait rêver éveillé.

« Non, laissez-moi...Je ne sais pas comment j'ai pu arriver ici... »

Il s'était adonné à une gestuelle très lente, le regard dans le vide, repoussant d'hypothétiques assaillants...sûrement beaucoup plus vifs que lui...

L'abeille se précipita vers lui et le pinça pour le sortir de sa torpeur.

La stratégie fonctionna.

« Aïe !!! Mais ça fait mal !!! »

Reprenant ses esprits, Albator tenta de soulager son oreille encore douloureuse, mais demeura silencieux.

Alors qu'elle poussait mon frère à la confidence, L'abeille, soucieuse, m'avait fixé avec insistance, comme pour avoir mon soutien.

« Tu veux nous parler de ce que tu as vu ?... ça te ferait du bien, je pense... Ce n'est pas trop bon de garder de telles choses pour soi... »

Albator évita nos regards et secoua la tête de gauche à droite pour signifier son refus de s'épancher.

« Je suis fatigué. Je crois que je vais faire un somme. »

Les traits marqués, il s'était jeté sur le côté, sur une banquette imaginaire, prêt à s'endormir, nous laissant avec nos interrogations.

Des images de Xéna apparurent pour apaiser son esprit et le sommeil ne tarda pas à l'emporter.

L'abeille m'invita à la suivre, d'un signe de tête...

« Viens, on va aller chez moi... »

...à ma grande surprise.

Dans la foulée, elle fit claquer ses pattes.

« Maison ! »

Je subissais une nouvelle cascade de rafales mais, cette fois-ci, moins turbulentes et plus courtes.

Mon corps n'étant aucunement éprouvé, j'arrivais sur mes pieds dans une petite prairie fleurie qui sentait bon...le printemps, l'herbe fraîche et les feuilles vertes.

L'air doux et léger m'enchantait. C'était presque féérique.

Une mélodie entraînante s'était emparée de moi.

"Everybody's got to live together
Tout le monde doit vivre ensemble
All the people got to understand
Toutes les personnes doivent comprendre
So, love your neighbour
Alors, aime ton voisin
Like you love your brother
Comme tu aimes ton frère
Come on and join the band [...]
Allez et rejoins la bande"
(Roger Glover, "Love is all", 1974)

Ma complète béatitude, devant ce spectacle irréel, amusait L'abeille.

« Je te présente mon petit havre de paix…mon chez moi… Tu aimes beaucoup apparemment !!! »

La musique s'estompant progressivement, je continuais à scruter minutieusement le moindre détail de cet univers.

Tout y était parfait.

Il y avait des tulipes, des edelweiss, des amanites, des champignons d'or.

Un ravissement pour les yeux, à vrai dire, un délice pour les sens !

J'avançais lentement et l'herbe, légèrement humide, chatouillait mes pattes.

J'allais même jusqu'à en goûter un brin…Hum…exquis…

Le parfum lourd des fleurs qui embaumait cet univers m'enivrait totalement. Waaah...

« C'est magnifique…J'ai l'impression que mon corps va exploser devant tant de sensations…ça fait tellement longtemps que je n'ai pas vu autre chose que du blanc ou le gris de l'assemblée… »

Alors qu'elle me souriait et que le jaune de sa robe ne m'avait jamais paru aussi éclatant, je fus pris d'une irrépressible envie de me dégourdir les pattes.

Je m'étais mis à fendre la prairie, en sautant et secouant mes oreilles comme j'avais l'habitude de le faire…dans ma famille, sur Terre. Je retrouvais un peu d'elle dans cet environnement qui me rappelait les jardins que je voyais de la terrasse où je me prélassais…sauf que c'était bien mieux !

Quelle sensation d'extrême liberté !!! C'était grisant !!!

A vive allure, je retournais auprès de L'abeille, en finissant ma course par un dérapage contrôlé. Elle partit alors, dans un éclat de rire des plus joyeux.

« Ah oui !!! Je vois que ça te plaît !!! »

Avant de confirmer ses dires, j'avais pris une profonde inspiration, emplissant mes poumons de cet air inédit.

« Wouhou !!! Ça fait un bien fou !!!

Mais comment t'as fait pour avoir tout ça ?!!!

Je comprends même pas que tu viennes nous voir !...

C'est si…terne chez nous... »

L'abeille me sourit, avec une humilité que je ne lui connaissais pas.

« Ben, je vous aime bien.

Vous êtes mes amis. Et je viens vous voir avec grand plaisir.

Je finirais par m'ennuyer, sans vous, même avec les plus belles fleurs du monde... »

L'abeille avait raison : Tous les trésors du monde ne valaient pas une belle amitié...

Mais ça ne répondait pas à ma question.

« Alors ?!!! Comment t'as fait ?!!! »

Flairant mon impatience, L'abeille avait commencé à aller d'une fleur à l'autre pour butiner, retrouvant son éternelle espièglerie.

Je la suivais, prêt à boire ses paroles comme du nectar !!!

« Eh ben...Tu le croiras jamais ! J'ai tout simplement demandé à Malaki !!!

Tu sais, il est vraiment de notre côté et on peut vraiment compter sur lui.

Je lui ai dit que je supportais plus tout ce blanc à perte de vue et que ça me rendait folle !

Ce qui n'était pas très loin de la vérité : j'avais perdu tous mes repères et ça devenait n'importe quoi...

Alors, voilà !!!

Ici, je lui ai demandé de recréer le jour, la nuit et il n'y a que trois saisons, le printemps, l'été et l'automne... »

J'étais impressionné et mon esprit vagabondait déjà vers un feu d'artifice aux mille couleurs que la volute pourrait éventuellement m'attribuer.

La voix de L'abeille, momentanément lointaine, me sortit de ma rêverie.

« Tu devrais demander à Malaki, ton propre univers.

Tu sais, il fait en sorte que nous nous sentions bien, ici.

Il y a même une abeille de la garde rapprochée d'Albator... hum...ça fait bizarre de dire ça !

Enfin bref ! Il y a une abeille de la garde rapprochée d'Albator...Hi, hi, hi ! Désolée, c'est plus fort que moi ! »

L'abeille serra ses pattes crochues contre sa poitrine, toute heureuse, semblait-il de réaliser notre avancée. Constatant que je l'observais en tapotant de la patte, dans un excès d'impatience, elle reprit toute sa contenance.

« Hum...Donc, il y a une abeille de la garde rapprochée d'Albator...hum...qui vit dans une fleur géante ! Quand tu arrives chez elle, c'est comme des coussinets de pollen qui explosent constamment. C'est merveilleux... »

Je mourais d'envie de quitter cet univers aseptisé, dans lequel Albator et moi ne cessions d'évoluer depuis le début.

La peur de la solitude avait renforcé mon besoin de rester aux côtés de mon frère, dans cet environnement si impersonnel.

Bien sûr, tout cela nous avait rapprochés et rendus réellement complémentaires mais voilà...

La perspective de créer notre "chez nous" allait nous permettre de rompre avec la pesante monotonie de notre univers et de nous épanouir.

« Je pense que ça ferait du bien à Albator d'avoir son propre univers. Il avait l'air si déstabilisé, tout à l'heure.

D'ailleurs, si tu sais quoi que ce soit sur ce qui lui est arrivé, tu devrais me le dire… Je n'aime pas le voir comme ça…

Raconte… Tammi… »

L'abeille poussa un long soupir et fixa un point invisible.

Elle s'allongea ensuite, au centre d'une fleur exotique et me raconta tout sur Riyadasda.

Elle insista beaucoup sur le fait qu'elle ne comprenait pas comment nous avions pu atterrir à Al Aâraf ou du moins comment Albator avait pu y atterrir.

C'est vrai que c'était plutôt étonnant. Pourtant, je l'avais bien entendu prononcer la destination d'Estrah, avant de partir.

« Oui, c'est étrange. En soi, lorsque tu énonces ta destination, c'est plus ton intention que ta demande qui a une influence sur le lieu. Quand je dis "Maison", c'est mon intention qui prévaut, tu comprends ?... »

Tammi avait raison : tout cela était incompréhensible, même inquiétant… Et le discours de mon amie ne me rassurait guère.

« Personne, à ma connaissance, ne s'est perdu ainsi, à Jana. C'est à n'y rien comprendre. En soi, c'est impossible de se perdre ici. Ou alors… c'était vraiment sa Destinée, son

Mektoub, comme certains disent. Albator a peut-être un vrai rôle à jouer dans cette cause et même au-delà... »

L'abeille se mit à se caresser le menton, pensive.

Moi, je ne voulais pas entrer dans toutes ces suppositions. Ça ne servait à rien de s'inquiéter pour des incertitudes.

Je décidais donc de me préoccuper de ce qui était déjà arrivé et ce dont nous étions sûrs...

Enfin...sûrs...pas vraiment car j'étais plutôt sceptique concernant cet éventuel "Jardin des supplices" qui ressemblait en tout point au jugement dernier et, encore plus, à propos de cette "muraille" entre l'enfer et le paradis. Et ça, mon amie en était consciente.

« Je sais que tu es du genre à être cartésien, à ne croire que ce que tu vois mais tu avoueras que tout ce qui nous arrive, ici, est improbable, donc... »

Je lui avais confirmé mon scepticisme, non sans une pointe d'ironie, mais avec un invisible drapeau blanc...

« Hum... qui vivra, verra !!! »

Car je ne voulais pas gâcher ce moment si parfait.

J'étais à plat ventre dans la verdure qui me caressait doucement les oreilles et profitais des rayons du soleil, absent de l'univers où j'allais devoir retourner.

J'attendais que L'abeille ironise à propos de ma dernière réflexion, lorsqu'une connaissance à elle fit son apparition.

Je m'étais trouvé face à deux copies conformes, si ce n'est que l'une d'elles avait des antennes plus courtes, des rayures plus serrées et parlait le créole Réunionnais.

« A**h, désolée, mi té conné pas ou l'avai de moun**.

Je ne pensais pas que tu recevais du monde.

Mais... si ou pé donne a moin zist un'ti moment ...

Mais…si tu pouvais m'accorder juste deux secondes…

Lé important...

C'est important… »

Sentant que l'inconnue aux courtes antennes voulait s'entretenir seule avec L'abeille, j'avais anticipé sur leur demande.

« **Mi sa bat' carré**…

Je vais faire un tour…».

XX

J'en profitais pour me perdre dans cette infinie prairie, les oreilles et la frange au vent, grisé par cette perte totale de repères.
C'était tout simplement magique !
La mélodie s'était, une nouvelle fois, manifestée.

"[...]Well, all you need is love and understanding
Bien, tout ce dont tu as besoin c'est d'amour et de compréhension
Ring the bell and let the people know
Sonne la cloche et fais savoir aux gens
We're so happy and we're celebrating
Nous sommes si contents et nous célébrons
Come on and let your feelings show[...]
Viens et montre tes sentiments"
Roger Glover, "Love is all", 1974

Je m'en donnais à cœur joie, m'enroulant dans l'herbe et croquant au vol, une fleur ou quelques brindilles.
La satiété finit par me clouer au sol et me ramener à la réalité.
L'invitée-surprise de L'abeille étant partie, je regagnais ma

place, auprès d'elle.

La musique s'éclipsa.

Dans la fraîcheur du soir qui commençait à tomber sur cet univers, mon esprit était totalement serein…

Mais Tammi, prostrée et surtout silencieuse, semblait être en état de choc. Son habituelle joie de vivre avait disparu.

Elle tenait dans ses pattes crochues, une tasse faite de feuilles tressées et remplie d'un nectar couleur miel dont les effluves sucrées de mangue et de vanille me titillèrent les narines. Je décidais donc de sortir L'abeille de sa torpeur, en utilisant le breuvage comme sujet de conversation.

« Ça va L'abeille ?… Qu'est-ce tu bois ?… »

Elle m'avait répondu d'une voix morne.

« Du thé qu'Albator a concocté en s'inspirant d'une recette créée par votre maîtresse chez la Maison Delozé…sur Terre. Tu devrais goûter, c'est délicieux…»

J'aurais bien aimé…mais mon amie ne se rendait même plus compte qu'aucun récipient, autre que sa tasse, ne se trouvait à proximité et n'invitait au partage.

« Ça va, Tammi ?… »

En ajoutant son prénom, je cherchais à être rassurant.

Cependant, L'abeille se refusa à toute confidence. Elle cligna soudainement des yeux, comme si elle revenait des bras de Morphée.

« Ça va aller, ne t'inquiète pas. Nous verrons cela plus tard. Allons voir si Albator va mieux. »

J'acquiesçai d'un signe de tête, sans oser la contredire ni tenter de savoir ce qui avait été à l'origine de ce changement d'humeur.

Alors que je me tenais à ses côtés, respectueux de sa réserve si inhabituelle, je la perdis, soudain, de vue.

Un tour complet sur moi-même... Toujours pas de Tammi à l'horizon... !

Sa voix me parvenait, plus fluette et aigüe[3] que d'ordinaire mais sa silhouette se faisait toujours désirer.

Un bourdonnement imperceptible me mena, enfin, à elle.

L'abeille se tenait à la hauteur de mes yeux en vol stationnaire : minuscule...pourtant c'était bien elle...

« Mais qu'est-ce qui se passe ?... »

Je réalisais alors que je n'avais jamais été surpris, jusqu'à maintenant, d'entendre le vrombissement des ailes de L'abeille dans mes oreilles et dans la foulée, de ressentir le choc de ses tapes dans le dos...

A vrai dire, peu m'importait sa taille. C'était Elle, un point c'est tout !

Néanmoins, ma curiosité avait, comme d'habitude, besoin d'être assouvie.

L'abeille, au départ, gênée par cette transformation, s'amusait maintenant de la situation et prenait un malin plaisir à tournoyer entre les fleurs, alors que je tentais de la

---

3 NDLA : peut s'écrire aussi bien aigüe que aiguë selon les rectifications orthographiques de 1990.
https://www.dictionnaire-academie.fr/article/A9A0978

suivre du regard. J'aurais été incapable de le faire physiquement : elle était bien trop rapide et insaisissable.

Je me contentais donc de rester aux abords de la prairie, en espérant que le son de ma voix puisse lui parvenir.

« ALORS !!! TU ME RACONTES OU QUOI?!!! »

Espiègle, Tammi jouait avec mes nerfs.

« Tu veux que je te raconte quoi ?!!! »

Et je perdais vraiment patience.

« L'ABEILLE !!! »

Mon air furieux la stoppa net dans son élan, et elle revint vers moi, en bougonnant.

« Woh ! Ça va ! Si on peut plus rigoler ! »

Je me tenais devant elle, poings sur les hanches et attendant ses explications.

« Ok... C'est un secret ! »

J'attendais la suite de sa confession mais L'abeille pouffa de rire devant mon impatience.

Encore une fois, elle se moquait de moi.

J'étais exaspéré et les mots avaient dépassé mes pensées.

« Parle ou je t'écrabouille !!! »

L'abeille avait aussitôt repris sa taille...normale.

« Ah ouais ! Essaye !!! Si tu veux savoir ce que c'est de se prendre un dard géant !!! »

Nous étions face à face, comme jamais nous ne l'avions été et à ce moment précis, la notion de distance intime n'existait plus.

L'abeille se racla doucement la gorge et recula d'un pas, se trouvant, par la même, hors de mon espace vital.

Elle essaya de maîtriser son attitude autant que moi car il était évident que cet insignifiant moment de proximité nous avait perturbés.

Mon cœur se mit à battre dans mes oreilles, ma poitrine n'étant plus assez large pour supporter ses à-coups.

Une chaleur indescriptible s'empara de tout mon être, réduisant à néant mon éloquence et mes facultés intellectuelles... contrairement à L'abeille qui se lança dans un monologue sans fin.

J'étais incapable de me concentrer sur ses paroles.

Seuls quelques mots traversèrent la barrière de mes neurones : structure moléculaire, espace-temps et stimuli visuels.

Elle donnait sûrement des éclaircissements sur cette distorsion qu'elle subissait.

Je l'écoutais en hochant machinalement la tête, obnubilé par la délicatesse, si inédite pour moi, de ses traits. Tout en elle m'apparaissait sous un nouveau jour. De la longueur de ses cils à sa bouche si bien dessinée...

Mais qu'est-ce qui m'arrivait ?!!!...

Je m'assénais, de façon imaginaire, une bonne claque, histoire de reprendre pied.

J'y étais peut-être allé un peu fort car L'abeille avait interrompu son discours.

« Qu'est-ce que t'as ?... T'as une tête bizarre... Ça va ?... »

Elle se rapprocha de moi, prête à entourer mes épaules de son bras mais j'avais immédiatement évité son étreinte.

« Non, non, ça va ! Je crois que j'ai le contre-coup de tous ces transferts mais ça va... »

Tammi s'était ravisée, sa voix s'étant éteinte progressivement.

« Ok...Ben... si t'as tout compris, on va retourner voir Albator... »

L'abeille détourna le regard lorsque j'avais tenté d'y plonger le mien et un silence embarrassant s'installa.

Je m'en voulais d'avoir repoussé son étreinte...

En même temps, j'étais complètement perdu.

C'était si nouveau tout ça pour moi... toute cette avalanche d'émotions incontrôlables...

Se pourrait-il que je sois sous le coup de ce que vivait Albator avec Xéna ?... Mais non, c'était impossible. Je ne pouvais pas être attiré par Tammi... j'étais un lapin et elle...une abeille.

Ah, je pouvais bien trouver improbable le couple que formait Albator et Xéna, là, c'était encore pire...

Un lapin et une abeille...Pfffff...

Non !!! C'était décidément, vraiment impossible.

Ça ne pouvait être que de l'amitié... Enfin, je crois...

Je n'étais plus sûr de rien et en suivant L'abeille, je réalisais peu à peu que les choses étaient bien plus compliquées que ce que je pensais.

Dans ce silence qui s'était abattu sur nous, mon esprit se livrait à une tortueuse réflexion. J'étais complètement dévasté, désespéré, anéanti, malheureux et réalisais que j'étais aussi affreusement...tombé amoureux de L'abeille.

Je comprenais, maintenant, pourquoi, depuis la nuit des temps, de si nombreux écrivains avaient usé leur plume, sur des tonnes de papiers, à raconter ce sentiment si complexe. Il pouvait vous conduire aux antipodes des émotions, du noir au blanc, de l'allégresse au dépit, du statut de roi à celui d'esclave, en un rien de temps. Ce sentiment que j'allais sûrement devoir réfréner...

La musique avait envahi mes tympans. Mais cette fois, elle ne me procura pas la même joie qu'auparavant.

"[...]Love is all and all is love
L'amour est tout et tout est l'amour
And it's easy, yes it's so easy
Et c'est facile, oui c'est si facile
At the Butterfly Ball where love is all
Au bal des Papillons où l'amour est tout
And it's so easy [...]
Et c'est si facile"
(Roger Glover, Love is all, 1974)

Un dernier coup d'œil jeté à ce monde enchanteur, me rappelait que j'étais insouciant à mon arrivée.

Tammi était sur le point de frapper dans ses mains lorsqu'une idée me traversa l'esprit.

« Stop ! Tammi...tu veux bien qu'on tente quelque-chose ?... »

L'abeille m'interrogea du regard.

« Tu veux bien me laisser faire pour notre retour ?... »

Elle semblait un peu déçue.

« Oh...bien sûr... »

J'aurais voulu la prendre dans mes bras mais j'avais juste frappé dans mes mains.

« Maison ! »

XXI

Aucune mauvaise surprise et cependant une certitude...celle qu'Albator ne s'était pas retrouvé par hasard à Riyadasda...
Nous étions de retour auprès de mon frère...dans cet espace impersonnel et fade.
Néanmoins, je ne pouvais pas dire qu'être là me dérangeait.
C'était comme une phase de repos plus que bienvenue pour mes sens et mes émotions qui avaient été sollicités, à outrance, chez L'abeille.
Je n'osais poser mon regard sur elle et, pour je ne sais quelles raisons, je crois qu'elle éprouvait la même gêne. Impossible pour nous de faire marche arrière, alors, nous feignions l'indifférence.
Nous nous étions donc concentrés, plus que de raison, sur ce que faisait Albator, pour annihiler le malaise qui nous consumait.
Tammi et moi avions trouvé mon frère en train de visionner un documentaire qui mettait encore en évidence la responsabilité de l'homme dans la disparition des espèces animales. Il était question de déforestation et de braconnage.
La voix off du reportage racontait qu'une femelle chimpanzé, fauchée par un camion sur une route Ougandaise, était

restée entre la vie et la mort pendant trois semaines.

Des humains avaient pris soin d'elle durant cette période, démontrant, comme d'habitude, que certains d'entre eux étaient plus sensibles que d'autres, à l'égard de leur environnement.

La voix off expliquait aussi que, peu à peu, l'habitat des animaux sauvages disparaissait au profit d'infrastructures créées par l'homme, avec pour conséquences de réduire les distances entre humains et animaux sauvages.

Tout cela occasionnait des accidents mortels pour les chimpanzés, attirés par la facilité qu'ils avaient à trouver de la nourriture. En effet, les hommes, croyant bien faire, leur donnaient des bananes ou autres aliments au détour d'un virage ou lorsqu'ils ralentissaient en voiture. Ainsi, chaque jour, les animaux risquaient leur vie aux abords des routes.

Pour éviter que les animaux se fassent tuer et dissuader les automobilistes de leur donner à manger, les vétérinaires avaient décidé de se tenir régulièrement sur le bas côté des routes.

Moi, je n'avais connu que très peu, le monde des humains et encore moins les néfastes. Mais en observant Albator et plus précisément L'abeille, je voyais bien qu'ils étaient touchés au plus profond d'eux-mêmes par le danger que représentait l'omniprésence de l'Homme dans ce monde.

Les dernières découvertes des vétérinaires illustraient bien le fléau qu'était l'Homme pour la nature. Elles faisaient état de malformations sur les chimpanzés mais aussi sur les babouins de la région.

Les professionnels avaient d'abord cru à l'implication des pesticides dans ce phénomène car très utilisés dans les agricultures des environs. Mais ils étaient vite arrivés à la conclusion que c'était le bisphénol, substance chimique contenu dans le plastique, qui était à l'origine des déformations faciales des primates.

Des bouteilles de célèbres marques de soda jonchaient les routes et, après dégradation, contaminaient les sols et les cultures consommées aussi bien par les animaux que les hommes.

Le bisphénol ajouté au glyphosate, herbicide ravageur, était une vraie calamité car il menait à l'appauvrissement des sols.

Dans sa quête d'agriculture intensive, la cupidité de l'homme détruisait la planète à petit feu. Plus grande serait sa soif d'argent et de richesses, et plus rapide serait l'anéantissement des ressources naturelles terrestres.

Sur les traits d'Albator se lisaient l'abattement et la tristesse. Plus qu'à l'ordinaire...

Les évènements liés à la probable existence de Riyadasda l'avaient déjà sûrement fragilisé. Nul besoin d'y ajouter le désastre qui rongeait la Terre.

Un coup d'œil, jeté à la dérobée dans la direction de L'abeille acheva de me fendre le cœur... elle n'avait plus rien d'espiègle, seul le dépit émanait d'elle...

Mais je n'avais pas réellement de certitudes quant aux causes de son ressenti du moment...

Était-ce la nouvelle apportée par son amie ? le reportage ?...ou pire encore...moi ?...

Supposant qu'elle avait besoin d'évacuer sa peine et soucieux de renouer avec elle, je lui fis comprendre par le biais d'un regard insistant que je veillerais sur Albator.

Elle s'était alors esquivée avec un léger sourire aux lèvres qui, aussi timide soit-il, me réchauffa le cœur.

Après son départ, je dus me faire violence pour ne pas me perdre dans le flot de mes pensées.

Néanmoins, Albator broyait du noir et ce fut une raison suffisante pour revenir au moment présent.

Ma patte posée sur son épaule, je pris ma voix la plus douce pour tenter de le sortir de son accablement.

« Ça suffit pour aujourd'hui... Et si on essayait de se changer les idées ?!!! »

Albator poussa un long soupir empli de lassitude.

« Tu as raison. Ça va me tuer de me focaliser là-dessus... »

Égal à lui-même, il s'était aussitôt mis à exécution.

Il farfouilla dans ses tiroirs et l'un d'eux libéra une image réconfortante de Zadig et de la Grande Maîtresse .

Elle le tenait dans ses bras, près de son visage, caressant les oreilles du petit lapin roux avec son nez.

Il semblait y prendre plaisir et une fois au sol, était resté immobile dans l'attente d'une autre séance de câlins.

Mais la Grande Maîtresse avait repris son activité sur son ordinateur.

Notre petit frère, plutôt accommodant, était parti se placer sur son observatoire, près de la fenêtre. Profitant des doux rayons du soleil, il regardait Athéna à travers la vitre.

Face à cette scène, les traits d'Albator se détendirent.

« Je crois que je vais demander à Malaki si je peux retrouver quelques temps, les nôtres.

Je suis un peu éprouvé par tout çà...

J'ai besoin de reprendre mes esprits et aussi du recul. »

A peine sa phrase terminée, la volute, cette fois, orange auréolée de bleu, fit son apparition.

J'étais maintenant habitué aux interventions de Malaki après un vague à l'âme de mon frère... de mon grand frère !

« Bonjour à vous !

J'ai perçu la forte volonté de me faire part d'une requête...

Si j'ai bien compris ton ressenti, tu souhaiterais te ressourcer ?...

C'est bien çà, Albator ?... »

Celui-ci s'inclina en signe de respect envers Malaki.

« Merci à toi, d'être si attentionné.

Je ne peux rien te cacher...

J'ai vécu un épisode un peu...spécial...qui m'a un peu... secoué, effectivement.

Mais tu dois en avoir connaissance ?... »

La volute se teinta d'un orange profond et chaleureux.

« Oui, j'ai perçu ta présence aux abords de… d'endroits…protégés.

Je ne sais pas comment tu as pu avoir accès à cette aire…

J'ai trouvé ça étrange mais c'est un fait…tu étais bien là.

Je me doutais un peu que tu allais être épuisé par cette épreuve. J'ai donc pris les devants.

Repose-toi, essaie de te distraire.

A ton réveil, tu seras parmi les tiens pour un court séjour.

En ton absence, je me référerais à Ulysse.

N'aie crainte, Ulysse, rien de bien méchant.

A bientôt. »

Étrangement, la volute laissa entrevoir de nouvelles teintes… rosées…

Je connaissais ses humeurs vertes, bleues, rouges, oranges…mais le rose n'en faisait pas partie…

Malgré ma curiosité, je ne m'attardais pas sur ce détail, plutôt préoccupé par les évènements à venir.

Alors que le soulagement et la joie pouvaient se lire sur les traits d'Albator, j'étais persuadé de porter les stigmates de l'inquiétude et du stress sur les miens.

Malaki ne m'avait pas laissé le temps de le questionner sur cet intérim, loin de me rassurer et que j'allais devoir assumer.

Albator chercha à dissiper toute anxiété chez moi.

« Je ne serais pas long… J'ai juste besoin de me

ressourcer. »

J'avais fait bonne figure pour ne pas l'inquiéter mais je n'en menais pas large. Je m'imaginais déjà devoir m'adresser à l'assemblée et mes oreilles se mirent à bourdonner comme si un essaim d'abeilles y résidait.

Fermer les yeux et respirer un bon coup m'aidèrent à retrouver mon calme. L'univers fleuri et coloré de L'abeille… m'était venu à l'esprit et au milieu de tout ça, sa charmante silhouette.

En ouvrant les yeux, je me rendais compte qu'il n'y avait toujours pas de repère dans notre monde et je me promettais de changer les choses, en l'absence d'Albator.

J'aurais voulu lui faire part de ma récente découverte et lui demander quel décor lui aurait fait plaisir mais mon frère était déjà plongé dans un profond sommeil.

Je l'avais contemplé dans un de ses rares moments de plénitude. Ses moustaches tremblaient légèrement. Le connaissant, il devait être en train de rêver de Xéna, son grand amour.

Je réalisais que j'allais être seul pendant une courte période pour Albator, mais pour ce qui semblerait être l'éternité pour moi.

Ma dernière mission d'intérim m'avait valu les remontrances de mon frère et s'était avérée être un véritable fiasco.

Qui plus est, étant donné la complexité de notre relation, je doutais fortement de l'indispensable soutien de L'abeille et

cette incertitude me faisait complètement paniquer...
J'étais terrorisé par l'appréhension et l'ampleur de ma tâche.
Il s'agissait quand même de remplacer l'inégalable Albator...

XXII

Il faisait noir mais je pouvais sentir l'odeur familière du foin et des fanes de carottes.

J'avais été réveillé, par des bruits de pas et la lointaine lueur du jour. Puis, les pas s'étaient rapprochés.

Cette impression de déjà-vu me poussa à m'étirer dans un prolongement de mon bien-être. Je n'avais rien à craindre.

Mes yeux, agressés par la lumière violente du soleil, avaient pris du temps avant de pouvoir distinguer les choses, autour de moi. Tant et si bien qu'un halo blanc restait accroché à mes pupilles. C'était toujours ce qui arrivait lorsqu'on ouvrait soudainement les volets de mon ancienne demeure.

Je brûlais d'impatience de retrouver les miens, de revoir les visages de ma Grande Maîtresse et de Loïs, de sentir les aspérités de la terrasse sur mon ventre et la douce caresse du vent sur mes oreilles.

Mais cet heureux moment ne vint pas : je fus violemment projeté sur le dos, sur une surface inégale que je connaissais bien.

L'appétissante odeur de fanes de carottes s'était envolé.

Dans la pénombre, je me retrouvais seul avec...le silence... et ça n'augurait rien de bon.

Du gris... et maintenant du blanc... du blanc cotonneux à perte de vue...et Ulysse, endormi, non loin de moi...

Je ne pouvais nier l'évidence : je me trouvais toujours à Jana.

Le transfert ne s'était pas fait. Décidément, le sort jouait contre moi.

Je contorsionnais mon dos un peu malmené par le choc, mais la douleur avait déjà pris des allures de souvenir...

C'était ça, Jana : le corps récupérait très vite ...

Une envie soudaine de pleurer m'avait écrasé la gorge et ça, Jana n'y pouvait rien.

Une énorme boule, bien plus grosse que ce que mon œsophage n'aurait pu contenir, m'empêcha de respirer correctement. Ça faisait mal mais pas autant que de réaliser que j'étais coincé ici... loin de Xéna.

Malaki m'avait déjà rejoint... Mais finalement, pas pour les raisons qui me préoccupaient.

Face à la volute, je fis mine de ne pas avoir remarqué sa couleur rouge qui signifiait qu'elle n'était pas disposée à m'écouter.

Trop perturbé par l'impossibilité de prendre possession du corps de Zadig pour discuter d'autre chose, j'avais, malgré tout, exprimé mon incompréhension... en un temps record, pour ne pas être interrompu.

« Bonjour Malaki !

Je ne m'attendais pas à te voir aussi rapidement. Je n'ai pas réussi à retrouver les miens. Je ne comprends pas, j'ai été comme repoussé. Est-ce que tu sais ce qui s'est passé?!!!

S'il te plaît, j'ai besoin de savoir !... »

Malheureusement, le rouge incandescent de Malaki me contraignit à remettre mes interrogations à plus tard.

« Je suis désolé, Albator mais nous allons devoir discuter de ce problème, bien plus tard.

Pour le moment, vous êtes conviés à assister à une assemblée de haute urgence, une assemblée extra-ordinaire.

La Terre entière est touchée par un virus que les hommes n'arrivent pas à éradiquer et il semblerait que les conditions de vie des animaux qui n'étaient déjà pas au beau fixe, se détériorent encore plus à certains endroits.

Hâtez-vous de vous y rendre, je vous rejoins là-bas !

A tout de suite ! »

A peine avait-il prononcé ces mots qu'il s'éclipsa.

Ulysse, les yeux encore pleins de sommeil, me dévisageait sans mot dire.

La boule emprisonnée dans ma gorge me brûlait encore mais l'heure était grave...

Alors, j'avais ravalé ma peine...

Ça me rendait fou de n'avoir pas pu rejoindre les miens mais je devais endosser mon rôle et assumer mes responsabilités.

J'aurais voulu hurler ma peine et ma frustration mais il fallait que je reste digne.

Résigné, je constatais qu'Ulysse n'avait toujours pas bougé.

Ulysse, ma boussole... Heureusement qu'il était à mes côtés à Jana. Sinon, je ne donnerais pas cher de ma peau.

Bien sûr, il y avait L'abeille. Elle m'étriperait si elle savait que j'avais fait passer mon frère avant elle. Mais pour Ulysse, c'était différent. C'était...la famille...

A croire que mes pensées lui étaient parvenues : il s'étira de tout son long, les yeux encore emplis de sommeil et la mèche en bataille.

« Allez...dépêche-toi d'avaler un truc et on y va... »

XXIII

Un peu de foin, d'eau fraîche et je fus d'attaque.

Mais à vrai dire, je n'avais pas trop eu le choix.

L'urgence, concernant la condition animale sur Terre, était telle qu'une assemblée extra-ordinaire devait se tenir.

Albator ne prononça pas un mot pendant mon repas.

Et je savais pourquoi : le transfert avait été un fiasco.

Rarement, mon frère se repliait sur lui-même de cette façon.

Mais je ne pouvais nier l'évidence, les faits étaient trop récents pour qu'il puisse en discuter. Il avait sûrement besoin de temps pour digérer la pilule.

Et puis la résilience nécessitait, aussi, de passer par l'acceptation.

Albator devait se dire que nous aurions tout le temps d'en parler après l'assemblée...

A vrai dire, je ne tenais pas, non plus, à aborder le sujet pour le moment.

Je me sentais comme responsable de cet échec, comme si ma peur immense d'affronter les évènements, seul, avait empêché son retour sur Terre.

Comme si je lui avais porté...la poisse, la scoumoune.

Dans tout ce tumulte que subissait mon esprit, le ton alarmiste de Malaki ne m'avait pas échappé.

Il n'était pas dans ses habitudes de se parer d'un rouge

aussi vif.

Même l'atmosphère semblait chargée d'électricité et en disait long sur le seuil critique de la situation.

Albator, lui, continuait à se terrer dans son mutisme.

Alors, comme d'habitude, j'avais joué mon rôle de soutien.

La patte posée sur son épaule, je m'apprêtais à improviser un discours, lorsque je ressentis toute la tension qui habitait ses pensées.

Je fus soudainement transporté, comme si je quittais ma propre enveloppe, dans un univers sombre et inquiétant.

Le vent y tournoyait avec une telle fureur qu'il m'empêchait d'avancer, de bouger.

Seuls mes yeux n'étaient pas soumis à cette force qui me contrôlait. A gauche, à droite, des envolées de poussière.

Le ciel, au-dessus de moi, était gris, presque noir, et traversé par de multiples éclairs qui venaient mourir au sol dans un fracas phénoménal, accompagnant un tonnerre perpétuel au loin.

Autour de moi, personne ... mais une puissance infinie.

Je n'avais pas vraiment peur, mais la crainte était là au plus profond de mes entrailles.

Brutalement, je retrouvai mon corps.

Hâletant et désarçonné, les yeux grands ouverts, je me tenais debout, aux cotés d'Albator. Ma patte, auparavant sur l'épaule de mon frère, flottait dans l'air, comme suspendue par un fil invisible : j'avais coupé le lien vers cette vision, par instinct de protection.

Albator ne s'était rendu compte de rien, confirmant, par la même, la subtilité de mon absence.

Une grande inspiration me ramena à l'importance du moment : l'assemblée extra-ordinaire.

Une expiration encore plus profonde concentra toute mon attention sur celui qui comptait : mon frère.

Quelques cycles de respiration me firent revenir à ce à quoi je pensais avant ma vision que j'aurais bien le temps d'analyser et d'exposer à Albator.

Passé ou futur ? Nous verrions cela plus tard.

Un coup d'œil à mon frère et je repensais qu'il n'avait pas pu rejoindre les nôtres mais qu'il allait devoir affronter l'assemblée. Double peine…

Inspiration. Expiration. Respiration.

« On y va, mon frère ?... »

Le corps immobile, il hocha lentement la tête de façon affirmative.

Il paraissait évident que je devais prendre toutes les décisions du moment. Je suppliais mon corps de ne pas flancher.

Inspiration. Expiration. Respiration.

Et puis, en frappant dans mes pattes, j'avais prononcé le mot qui angoissait tant Albator.

« Assemblée !!! »

Inspiration. Expiration. Respiration. Pourvu que je tienne…

L'invisible tunnel nous happa, comme à l'ordinaire, sans prévenir, nous menant vers une foule bruyante et intimidante. J,'en eus le souffle coupé.

XXIV

Je décidais de ne pas quitter Albator d'un poil.

Il avait l'air si fébrile...

Je continuais à m'en vouloir pour l'échec du transfert mais je ne pus m'empêcher de penser que c'était une aubaine pour moi.

Vu[4] l'urgence de la situation et ma récente vision, je préférais largement jouer le rôle du garde du corps que celui de l'orateur... car l'assemblée promettait, effectivement, d'être extra-ordinaire...dans tous les sens du terme.

Toute la communauté avait compris l'urgence du moment.

D'habitude, les rangs étaient raisonnablement remplis mais là, les uns se poussaient pour faire de la place aux autres et les allées se retrouvaient, exceptionnellement, bondées.

Malaki, toujours rouge vif, fit son entrée en contrebas.

Certains se turent pendant que d'autres ne prêtèrent pas attention à son arrivée.

Ces derniers exaspérèrent la volute, déjà bien irritée : elle vira au violet...

Encore une nouvelle humeur...décidément...à quand l'arc-

---

4 Vu : invariable en début de phrase car il peut être remplacé par "étant donné"
https://www.lalanguefrancaise.com/orthographe/au-vu-de-en-vue-de

en-ciel?...

Ma petite voix intérieure qui tentait de se distraire, fut ramenée à l'ordre par celle de Malaki, tonitruante, implacable et surplombant l'auditoire.

« SILENCE !!! »

Non seulement, personne ne pipa mot mais comme si le fait de rester statique amplifiait le silence, toute l'assemblée se figea.

Satisfait, Malaki passa progressivement du rouge violacé au vert.

L'atmosphère s'était considérablement radoucie et l'amphithéâtre recommença à respirer.

Le léger bourdonnement d'ailes de L'abeille, derrière nous, se fit d'ailleurs entendre.

Pour me confirmer sa présence, elle avait murmuré à mon oreille.

« Impressionnant, non?!!! »

J'hochai juste la tête, craignant l'éventuel courroux de la volute, et aussi, parce que cette approche de L'abeille m'avait complètement déstabilisé.

Malaki prit la parole devant une assistance plus que jamais attentive.

Sa robe verte se para de nuances rougeâtres et sa voix s'imposa.

« Bienvenue à tous !

Je crois que vous avez compris que cette assemblée n'est

pas ordinaire !

Certains d'entre vous sont, d'ailleurs, déjà au courant de ce qui se passe sur Terre.

Actuellement, les hommes subissent une pandémie. Ils affrontent un virus qu'ils ne connaissent pas et surtout, qu'ils n'arrivent pas à maîtriser.

On les sent désemparés face à cette maladie, à l'origine de nombreuses pertes humaines. Ils n'ont effectivement pas l'habitude de se retrouver face à quelque chose sur quoi ils n'ont pas d'ascendance, mettant en évidence encore une fois leur difficulté à s'adapter et leur intransigeance.

Encore une fois, ils veulent agir en fonction de leurs besoins au mépris de leur environnement, de la nature.

C'est tout le paradoxe des avancées de l'homme. Elles montrent son inventivité mais aussi son manque d'intelligence face à son environnement et révèlent toute sa barbarie à travers son désir de domination et sa peur d'être dominé par la nature.

Aux dernières nouvelles, en désespoir de cause et donc, par peur, ils s'en sont pris aux animaux.

Ils en ont éradiqué par centaines et voire même plus, sous prétexte qu'ils étaient atteints par le virus…

Nous avons d'ailleurs été alertés par une arrivée de visons en masse à Estrah, actuellement rejoints par un nombre croissant de hamsters.

Deux de leurs représentants ont tenu à nous rejoindre et à

témoigner.

Saluons, donc, leur courage pour cette initiative et offrons-leur un chaleureux accueil. »

Alors que la foule applaudissait à tout rompre, un vison et un hamster se présentèrent timidement à la hauteur d'un Malaki bleuté.

Le vison, court sur pattes, avait une fourrure marron foncé, sur un long cou, une tête fine rehaussée de petites oreilles, des yeux noirs dont toute malice avait disparu, et des moustaches aussi blanches que son museau. Il n'osait regarder vers nous, un peu apeuré par tant de démonstrations.

Malaki l'encouragea à partager ce qui allait, sans aucun doute, être consigné dans l'Officialis Libra.

« N'aie pas peur. Nous sommes là pour t'écouter. »

Se tordant nerveusement les pattes, le vison s'avança doucement et d'une petite voix nasillarde, entama son récit.

« Je viens des contrées nordiques, là où il fait très froid… pas autant qu'avant mais bon…

Mes frères et moi y sommes élevés en masse pour fournir des manteaux aux humains et leur permettre d'affronter les basses températures…

J'ai été…surpris d'arriver à Estrah et de voir ce qu'était réellement…la Vie.

Jamais je n'avais connu le plaisir de marcher aussi librement.

C'est là que je me suis rendue compte de notre misérable condition sur Terre.

Avant je n'en avais pas conscience.

Nous avions cette envie de fuir mais elle était plutôt instinctive.

Nos conditions de vie n'étaient déjà guère enviables : nous étions entassés dans des containers, à la disposition de l'Homme, entassés les uns contre les autres.

Mais, ces derniers temps, notre situation a, vraiment, empiré.

Depuis qu'un certain virus est apparu, j'ai vu nombreux de mes frères être arrachés à moi sans savoir ce qu'il advenait d'eux.

Un jour, j'ai surpris une conversation entre deux hommes alors que j'avais été moi-même arraché aux miens. Ils disaient que nous étions, probablement, contaminés par le virus et qu'il fallait nous tuer pour en éviter la propagation. C'est à ce moment que j'ai compris que ma fin était proche…Ce qui m'a interpellé c'est qu'ils n'avaient aucune certitude sur notre contamination. Et malgré cela…

Juste parce qu'ils avaient peur… »

Le vison leva soudain ses petits yeux vers l'assemblée, la voix étranglée par l'émotion et la colère.

Ses pattes, le long de son corps, se refermèrent sur elles-mêmes et une flamme nouvelle prit possession de son regard.

« Hum…Mais, j'ai une question : qu'est-ce qui fait que nous méritons plus qu'eux de mourir dans ces conditions ?

Est-ce qu'on tue des hommes parce qu'ils sont malades ? Ne mettent-ils pas tout en œuvre pour les sauver ?

Ne sommes-nous juste bons qu'à les servir ? Pourquoi nous méprisent-ils autant, alors qu'ils tirent profit de nos vies ?…

Aujourd'hui, je suis seul à témoigner parce que mes frères pensent que rien ne changera, que les hommes seront toujours les plus forts. Mais il faut que les choses changent ! »

Le vison avait pris de l'assurance et son discours s'en ressentit aussitôt. Sa voix ne tremblait plus.

« Ce qui se passe en bas est grave : Les hommes sont en train de nous exterminer.

Pas seulement nous, mais tous les animaux…

Qui a décrété que leurs vies valaient plus que la nôtre ?!

On parle d'espèces "disparues" pour atténuer les faits mais finalement, il s'agit bien d'extermination…

Nous sommes à leur merci : ils ont droit de vie et de mort sur nos vies, sur notre environnement…et je crains de devoir le dire, mais nos vies ne comptent pas pour eux. Nous sommes insignifiants, remplaçables et peu leur importe que nous disparaissions.

NOUS DEVONS REAGIR, NOUS NE POUVONS FERMER LES YEUX SUR TOUS CES MASSACRES !!! »

La voix du vison s'éteignit, devant un auditoire silencieux qui n'osait à peine respirer.

Le petit témoin continua à nous fixer mais cette fois, avec un air de défi, fier d'apporter sa pierre à l'édifice et d'avoir réussi à captiver l'assistance.

XXV

"Lundi 20 Avril 2020

Sur mon transat, "Kingston town" de UB40 en musique de fond, je regardais voler les mouches, les guêpes, les libellules, les oiseaux sous ce ciel plus bleu qu'à l'ordinaire.
La crise sanitaire avait été une aubaine pour la nature.
Amoureuse des animaux, je m'étais réjouie de réentendre le chant des oiseaux, de voir un furet se balader sur le quai, en attendant mon train. J'avais eu la larme à l'œil, lorsque j'avais vu les images exceptionnelles de deux rorquals aperçus dans le Parc des Calanques.
Si seulement l'Homme pouvait apprendre de ses erreurs."
("Trois ans et plus si affinités…" de Marie SOUTON, Editions Librinova, Page 132.)

" Quand je relisais ces mots que j'avais écrits, je me disais que c'était presque choquant d'avoir vu tous ces animaux reprendre possession de la Terre parce que l'Homme confiné, en était absent.
Des canards, des cerfs, des renards, en pleine ville, des rorquals que l'on considérait comme espèces disparues et que certains hommes regardaient avec un air émerveillé, mais déjà avec convoitise.
Cette réappropriation des lieux par la nature était le

synonyme de l'incapacité de l'Homme à cohabiter avec elle. Incapable de s'adapter, il avait façonné peu à peu la Terre comme il le voulait, en réduisant progressivement les espaces verts et par la même, les habitats naturels des animaux.

Il ne s'était pas intégré à Elle. Il se l'était approprié et l'avait…dénaturée…

Lors du confinement, la Nature avait repris le dessus.

La vraie Vie avait repris son cours.

Toutes deux fragiles.

Elles qui avaient été si souvent…maltraitées, muselées, repoussées.

Impossible de ne pas penser à Tchernobyl qui avait subi une catastrophe nucléaire par la faute des Hommes et qui, dangereuse pour eux et donc désertée, s'était transformée en paradis terrestre pour les animaux.

Finalement, en y réfléchissant bien, il n'y avait peut-être que la peur de mourir qui pouvait sauver la Terre car cette peur pouvait être synonyme de prise de conscience et d'humilité chez l'Homme."

Extrait de l'Officialis Libra,
Rubrique Humains,
Fin de l'Epoque Contemporaine Européenne.

XXVI

J'étais concentré sur l'auditoire, encore sous le choc des mots du vison, me disant que nous étions finalement fous de vouloir défendre les hommes, lorsqu'Albator me donna un coup de pattes dans les côtes.

D'un air entendu, avant que je ne rouspète, il pointa son regard sur un chat roux qui se tenait toujours à l'écart lors des assemblées. Mais force était de constater qu'il faisait partie de nos rangs.

Alors que le témoignage du hamster, relatant avec quelle violence ils étaient arrachés à leur famille, captivait les deux hémisphères, Albator m'expliqua son intérêt pour le félin.

« Je n'ai jamais entendu le son de sa voix.

Jamais je ne l'ai vu accompagné mais je ressens son émotion à chaque fois qu'un de nous prend la parole.

Du coup, j'aimerais bien connaître son histoire…

Pas toi ?... »

Cette curiosité n'était pas aussi présente chez moi mais je compris que mon frère cherchait mon soutien dans cette entreprise.

Discrètement, nous nous déplaçâmes jusqu'au chat… avant d'être rappelés à l'ordre par Malaki.

« Ulysse et Albator !!! Puis-je vous être utile ?... Vous ne semblez pas être avec nous… »

Tous les regards de l'assemblée étaient tournés vers nous.

D'ordinaire plus effacé que moi, mon frère s'adressa à la foule et excusa notre fugace inattention.

« Hum… Ulysse et moi nous disions que la parole devait être donnée à tous et même à ceux qui n'osent pas se manifester.

Il y a des animaux dans nos rangs qui mériteraient aussi d'être entendus malgré leur discrétion et leur réserve.

Bien entendu, après le témoignage de Monsieur le Hamster… »

Albator inclina respectueusement la tête en direction du Hamster qui gloussa doucement.

« C'est avec grand plaisir que je cède ma place. Je tiens à vous dire Monsieur Albator que je suis enchanté…honoré de vous rencontrer !!! On parle beaucoup de vous à Estrah !!! »

Un peu décontenancé par cette dernière révélation, mon frère esquissa un sourire gêné et pivota subitement vers le chat, histoire d'esquiver toute l'attention de l'assistance.

Le félin qui avait suivi le regard de mon frère, tenta de se faire plus petit qu'il ne pouvait.

Mais c'était peine perdue car il éveillait la curiosité d'Albator.

« Toi, par exemple… Quelle est ton histoire ?!…

N'aie pas peur… »

L'auditoire attendait maintenant le témoignage du chat.

Penaud et troublé par tant d'attention, il se ratatina comme une carpette afin de se cacher.

Par conséquent, je m'étais prudemment rapproché de lui en prenant un ton rassurant : je ne voulais pas avoir de visions supplémentaires mais je souhaitais en savoir plus.

« Raconte-nous ton histoire.

Albator et moi sommes persuadés qu'elle nous sera d'une grande aide."

Il hocha doucement la tête, conscient de l'enjeu qui se jouait.

Contrairement à tous ceux qui avaient rapporté des faits avant lui, il resta dans les gradins.

Les yeux rivés au sol, le chat raconta, à mi-voix, son histoire, tant et si bien que la foule n'osait bouger.

« Je m'appelle Wally.

Je viens de Tchernobyl, cette ville en Russie qui est tristement célèbre pour sa catastrophe nucléaire... »

En écoutant ces premières paroles, Albator avait émis un soupir et fermé les yeux.

Son intuition était bonne : Le témoignage du chat promettait d'être bénéfique pour notre clan.

Pendant que Wally parlait, des images de cette ville, recouverte de cendres radioactives, apparurent au dessus de nos têtes.

Des hommes, des femmes, des enfants remplissaient des bus affrétés pour les évacuer de la ville, abandonnant des chiens qui poursuivaient les véhicules jusqu'à n'en plus pouvoir.

« Après cet exode, des hommes sont revenus pour nous tuer, de peur que nous nous rendions hors de la ville et que nous propagions les ondes radioactives, au-delà de ces terres. »

Les images cessèrent d'être projetées.

« D'autres chats et moi-même avons réussi à déjouer tous leurs pièges. Nous n'avions aucune confiance en eux.

Mais les chiens, trop crédules, se sont tous fait avoir.

Après le départ des hommes, nous avons vécu en paix, comme jamais cela ne nous était arrivé.

Nous dormions à la belle étoile et avions retrouvé notre instinct sauvage.

La forêt et la verdure ont recouvert, peu à peu, le béton.

Moi, je suis mort d'un mauvais coup dans une bataille de territoire...

C'est la vie... Mais, je n'ai jamais été aussi libre et heureux.

Malgré tout, ma petite maîtresse qui était partie, me manquait.

Ses caresses, sa douceur, son odeur m'avaient laissé un souvenir impérissable.

Je suis heureux, quand même, d'avoir quitté la Terre car un autre coup dur nous attendait.

Les hommes ont repris possession de la ville.

Après les radiations, c'est la guerre qui fait maintenant rage.

Bombardements et mitraillettes...

Ce qui a mis des années à renaître va être anéanti, en un

rien de temps.

C'est triste...

Des hommes combattent d'autres hommes, et quelles qu'en soient les raisons, elles sont destructrices.

Comme nous, des hommes sont traqués...

C'est dans la nature de l'Homme, il est tantôt bon, tantôt mauvais et nous aurions tort de prendre les choses pour nous, car l'Homme n'a pas de respect pour lui-même et ses frères...

C'est pour cette raison que je me tiens toujours à l'écart de vos assemblées.

Je ne sais pas quoi penser.

Et sincèrement, comment pourrait-on lutter contre eux ?...

Ce sont tantôt des bourreaux, tantôt des victimes mais ils restent, néanmoins, les maîtres sur Terre.

Mais... je ne me pardonnerais pas de leur faire quoi que ce soit.

J'aurais trop cette impression de trahir ma petite maîtresse et d'agir comme certains de ces hommes... cruels... sans pitié...

Alors, je préfère rester neutre.

De toute façon, les choses se feront naturellement...

L'Homme... je crois... est voué à sa perte. »

L'assemblée était silencieuse... même les Opposants.

Car... c'était la première fois que le principe de Neutralité apparaissait.

Une autre voix s'était élevée à travers celle de Wally : celle des Indécis.

À voir l'air stupéfait d'Albator, il devait sûrement se demander si nous avions bien fait de laisser la parole au félin.

Son témoignage allait, probablement, affaiblir l'ardeur des rangs et Wally deviendrait un représentant à part entière même s'il se refusait à jouer ce rôle.

Malaki remercia le chat roux pour son récit et clôtura la séance du moment, dans un calme assourdissant.

Chaque groupe, sous le coup du côté inédit de la situation, subissait une invisible effervescence et certains animaux regardèrent Wally avec intérêt, avant d'être aspirés par le tunnel.

Avant d'être avalé à mon tour, j'eus le temps d'apercevoir le chef des Opposants, le Border Collie.

Il m'observait avec insistance…

Phoenix, comme l'avait surnommé Albator, semblait tout aussi décontenancé que nous…

Ça aussi, c'était une première…

Phoenix qui faisait, d'ordinaire, figure de roc inébranlable laissait apparaître une infime faille de vulnérabilité…

XXVII

L'intervention de Wally avait plongé Albator dans une certaine fébrilité. Il était perdu dans une profonde réflexion et mettait, par conséquent, une réelle énergie à lisser son oreille gauche.

Lui qui tentait par ses discours de grossir les rangs des Tuteurs, regrettait, vraisemblablement, d'avoir invité le chat à témoigner.

Néanmoins, je considérais que c'était bon signe : Albator prenait réellement conscience de son rôle et des enjeux de de notre lutte.

Je m'imaginais donc que l'échec du transfert avec Zadig était momentanément passé au deuxième plan pour Albator.

Bien que remué par la dernière attitude de Phoenix, je décidais de me montrer rassurant pour préserver cet influx qui semblait inonder le corps de mon frère.

« Tu sais, Albator, c'est à chacun de se faire son avis sur le discours de Wally.

Après tout, il était…comment dire…volontairement ambivalent pour ne pas influencer l'assemblée. Alors, je ne pense pas que ça changera quelque chose pour ceux qui nous soutiennent.

Il a quand même dit qu'il ne se sentait pas capable de trahir les humains.

Par contre, les Opposants ont un peu plus à craindre que

nous car ce chat a mis en avant les capacités d'adaptation des animaux et les limites de l'Homme.

L'animal peut survivre à l'Homme dans les cas critiques.

Finalement, si on réfléchit bien, son témoignage a mis en évidence la faiblesse de l'Homme et cela peut faire réfléchir les Opposants qui peuvent se dire que l'Homme n'a pas besoin d'eux pour aller à sa perte. Ce nouveau parti n'a pas l'intention d'agir contre la race humaine, comme nous.

Si je devais me mettre dans la peau d'un Opposant sceptique, c'est ce que je me dirais : l'Homme n'a pas besoin de nous pour disparaître, il le fait très bien tout seul !

Je quitterais donc les Opposants pour rejoindre Wally : c'est un juste milieu, tu es contre l'Homme mais tu ne prônes pas la violence.

Les Indécis, je les appellerais comme ça, affaiblissent les Opposants mais pas les Tuteurs. Ils leur nuisent plus qu'à nous.

C'est même une bonne chose pour nous.

Wally a, selon moi, convaincu certains Opposants que la neutralité est une solution puisque l'Homme est voué à sa perte.

Leur engagement est différent du nôtre mais ça nous permet de continuer à agir sans violence, par là-même de protéger l'Homme. Et après tout, ce nouveau parti est une passerelle vers le nôtre.

Moi, je pense que nous nous sommes mis en danger mais

que ça aurait pu être bien pire que cela. Nous ne l'avons pas fait exprès mais stratégiquement, ça peut tourner à notre avantage et à celui de notre cause.

Qu'est-ce que tu en penses ?...

Tu n'es pas d'accord, Albator ?... »

Mon frère resta impassible pendant toute mon argumentation. Et quand il cessa de triturer son oreille, je sus que j'avais fait mouche.

Une légère étincelle avait gagné son regard, signe annonciateur d'une prise de conscience.

« Je n'avais pas vu les choses sous cet angle mais c'est finement réfléchi.

Tu es, décidément, un grand stratège, mon cher Ulysse !

La Grande Maîtresse a bien choisi ton prénom. Il te va à merveille !

Je t'avouerais que tu me rassures.

Dans un premier temps, j'avais pris la neutralité de Wally comme un inconvénient.

Et comme j'avais l'esprit un peu embrumé, je n'arrivais pas à avoir du recul sur les choses.

Ce qui me fait penser que nous sommes vraiment complémentaires…comme si nous étions faits pour être ensemble à Jana…

Tu as raison... Cette intervention pourrait vraiment affaiblir le mouvement des Opposants et tourner à notre avantage !»

J'étais flatté par les mots d'Albator et l'évidence de cette complémentarité.

En signe de reconnaissance, il me gratifia d'une chaleureuse accolade dont l'issue était prévisible.

« Je mangerai bien un petit quelque chose ! Toute cette tension m'a ouvert l'appétit ! Pas toi, Ulysse ?!!! »

J'avais hoché la tête, non surpris de voir mon repas apparaître, comme par magie.

Serein et apaisé, Albator choisit ce moment pour visionner des images de la vie quotidienne de notre famille.

C'était comme si nous partagions notre déjeuner devant le journal télévisé !

Malheureusement, comme souvent au journal télévisé, les nouvelles n'étaient pas bonnes.

L'ambiance sur Terre était houleuse.

Notre maîtresse avait l'air d'être remontée contre Loïs, et pour cause : elle venait d'apprendre, par la conseillère d'éducation du lycée, que la demoiselle faisait l'école buissonnière depuis un mois...

Malgré ses torts, Loïs ne supportait pas les remontrances et haussait le ton face à sa mère, tentant de garder son calme, d'user de diplomatie et de pédagogie.

Xéna, qui détestait les éclats de voix, essayait d'apaiser les esprits.

Comme elle avait coutume de faire, elle s'accrocha aux jambes de notre maîtresse en miaulant de manière significative.

Rusée, elle prenait le parti d'influencer la personne la plus à même de mettre fin à la dispute.

D'ordinaire, elle arrivait à attirer l'attention de la maîtresse de maison et finissait par obtenir un sourire d'elle et une capitulation. Mais ces talents de médiatrice n'eurent aucun effet, cette fois-ci : l'heure était grave.

Xéna, recalée dans la chambre du fond, se retrouva définitivement impuissante.

Albator qui écoutait les faits décrits par la maîtresse, secouait doucement la tête de gauche à droite en signe de désapprobation.

« Décrochage scolaire... Cette pandémie est un fléau pour tous les êtres sur Terre.

Les jeunes ont perdu leur repère et leur foi en l'avenir et beaucoup ne vont plus en cours par manque de motivation. Loïs n'échappe pas à la règle. »

Même loin d'eux, il avait son idée sur ce qui se passait. Mais comment était-ce possible ?...

« Tu te demandes comment je fais pour savoir tout ça, hein ?...Facile !!! Je n'ai jamais coupé les ponts avec la Terre. Je regarde, dès que je peux, le journal télévisé. C'est plus fort que moi ! »

Albator ne cessait de me surprendre. Moi qui pensais tout savoir de lui.

Les bras croisés, il scrutait l'image.

Il avait l'air inquiet et son oreille gauche en était l'innocente victime.

« C'est une enfant très intelligente, je dirais même… comment disent-ils ?... Haut potentiel intellectuel.

Elle a toujours été un peu solitaire et je pense que le fossé est encore plus grand pour elle. J'espère juste que ça ne va pas compromettre ses résultats à l'examen de fin d'année.

Notre Grande Maîtresse a eu raison de mettre Xéna à l'écart : il faut qu'elle joue son rôle de parent.

Toute vérité n'est pas bonne à entendre, mais elle se doit de le faire. »

J'étais impressionnée par la clairvoyance d'Albator et son analyse de la situation.

Il avait vécu beaucoup plus longtemps que moi avec les humains et cela se ressentait dans ces moments-là.

Il les connaissait bien mieux que moi.

Dans la chambre de Loïs, la doyenne des chats prenait son mal en patience.

Elle était partie se coucher sur le lit en guettant la poignée de la porte, impatiente de la voir s'abaisser. La mine boudeuse, elle avait calé sa tête sur ses pattes avant.

Comme elle le craignait, les portes commencèrent à claquer et Loïs perdit son sang froid : elle était entrée dans la chambre comme une furie.

Xéna se pelotonna dans un coin, attendant que l'orage passe : elle savait que les caresses étaient alors inutiles et ne feraient qu'exaspérer Loïs.

J'étais, jusqu'à lors, resté stoïque mais je ne pus m'empêcher de penser à haute voix.

« Elles ont au moins l'intelligence de faire la part des choses. Elles ne s'en prennent qu'à elles…et ne s'énervent pas sur la fratrie… »

Un coup d'œil jeté aux autres membres de notre famille nous faisait constater que personne, à part Xéna, n'osait prendre position.

Zadig était sur sa plateforme devant la fenêtre et, les yeux mi-clos, feignait d'être endormi.

Athéna, dont on ne voyait que les oreilles, s'était cachée dans sa boîte de sardines ; Seya avait trouvé refuge sous une couette et Coco, dans une des loges de la tour à gratter.

Tous attendaient, avec impatience, le retour au calme.

La dispute se termina, sur un statu quo : Loïs et notre maîtresse ne se parlaient plus.

Toute la troupe avait recommencé à se balader avec nonchalance dans l'appartement mais cette fois, dans une atmosphère électrique.

Zadig, plus intuitif, n'avait pas quitté son étagère mais s'était assis sur ses pattes arrières.

L'image avait soudainement disparu.

Nous nous étions regardés, tristes et impuissants.

Albator n'avait plus faim…moi non plus, d'ailleurs…

XXVIII

Les émotions allaient et venaient, comme sur des montagnes russes.
Après cet épisode de vie familiale, la mélancolie nous avait gagnés.
Sans surprise, mon frère se réfugia dans le silence et ses tiroirs.
Fidèle à moi-même, je ressentis le besoin de m'épancher sur ce qui me contrariait et décidai d'engager la conversation.
« Tu vas bien, Albator ?... »
Contre toute attente, il referma ses dossiers et ouvrit les vannes, en se confiant avec une facilité déconcertante.
« A vrai dire pas très bien… Tu as peut-être oublié mais j'ai tenté d'aller retrouver…la famille sur Terre et ma tentative a échoué… »
Je feignis de ne pas avoir pensé à l'échec du transfert mais en mon for intérieur, je fus étonné de constater qu'il occupait toujours l'esprit d'Albator, malgré les récents rebondissements.
« Je ne sais pas pourquoi…J'ai juste eu le temps d'y croire, j'ai senti les odeurs de la maison, je me sentais prêt à être porté par la Grande Maîtresse.

J'avais déjà cette plénitude qui m'envahit lorsque je suis près…des nôtres, à me laisser caresser par les doux rayons du soleil sur la terrasse… »

Je n'étais pas dupe. Lors de ces courtes pauses, je savais qu'il pensait à Xéna. Il faisait toujours preuve d'une certaine pudeur quant à leur histoire.

Néanmoins, il fallait être aveugle pour ne pas voir qu'elle était son tout.

J'aurais pu être jaloux de ce sentiment exclusif qu'il avait pour elle… mais maintenant je comprenais qu'elle puisse être l'objet de toutes ses attentions. Une fois que la petite étincelle se manifestait, il était impossible de faire marche arrière, on en voulait toujours plus.

Je ne me disais pas que, pour L'abeille, j'en étais au même point mais quelque chose en moi avait été ébranlé et depuis… j'étais différent. La savoir non loin de moi me troublait.

Sentant qu'Albator avait le cœur gros, mes pensées guidèrent mes paroles.

« Xéna te manque ? Tu l'aimes, n'est-ce pas ?… »

Comme s'il avait été soulagé d'un poids, il expulsa les mots dans un souffle.

« Oui ! Bien plus que ma vie…

Elle est…mon essentiel, mon ancre, le port où je retournerais toujours.

Elle est mon oxygène lorsque j'ai l'esprit complètement

asphyxié par le stress. Un regard d'elle et je suis le plus fort du monde, prêt à affronter quiconque.

Mais sans elle…je ne suis…que moi."

Il n'était peut-être que lui mais quelle poésie dans ces paroles… Elles avaient jailli comme une source emprisonnée depuis trop longtemps.

Albator avait le regard perdu dans le vide.

« Oui, elle me manque…énormément… »

Alors qu'il avait prononcé ces mots, Malaki était apparu.

Je finissais par croire qu'il y avait une réelle connexion entre les deux ou alors…

« Bonjour, Ulysse ! Bonjour, Albator !

J'ai ressenti que tu avais besoin d'explications quant à cette impossibilité de retrouver les tiens. J'ai chargé une équipe subalterne de travailler sur cette anomalie pendant que nous étions en assemblée.

Vu que tu es le premier à bénéficier de ce genre… d'aménagement, c'est une situation plutôt inédite pour nous de connaître des dysfonctionnements.

Mais, ils ont fini par découvrir ce qui faisait obstacle : Zadig est trop jeune et son métabolisme pas assez mature pour supporter le transfert. C'est pour cette raison que tu n'as pas pu prendre possession de son enveloppe corporelle.

J'ai essayé de savoir si tu pouvais utiliser un chat comme véhicule mais le transfert fonctionne par équivalence.

Je suis donc au regret de t'annoncer que tu vas devoir

prendre ton mal en patience...

Ta peine est aussi la mienne. Je sais que c'est compliqué pour toi et que tu as besoin d'une soupape. Mais ça va aller, ce n'est que...temporaire.

En tout cas, je me tiens à ta disposition.

Surtout n'hésite pas, pour tout autre chose. »

Ses derniers mots furent illustrés par une pluie de couleurs jaillissant de toute part.

Un arc-en-ciel magistral alla se poser sur un fond jusqu'alors invisible, de telle sorte que des formes se dessinaient peu à peu.

Des fleurs, des arbres, un ciel bleu, des oiseaux, des papillons qui prenaient vie au fur et à mesure.

Ce décor m'était familier mais mon esprit peinait à le reconnaître...jusqu'à ce qu'un clapier apparaisse.

C'était notre terrasse !!!

Rien ne manquait : l'odeur de l'herbe fraîchement coupée, les maisonnées autour, le sapin dont la cime semblait toucher le bleu du ciel, le croassement des grenouilles dans le petit bassin du jardin voisin.

On pouvait même voir à travers la baie vitrée, notre famille au complet.

Je vis, dans les yeux d'Albator, le ravissement.

Il s'allongea, de tout son long, pour profiter de la scène familiale.

Malaki s'éclipsa discrètement, se fondant dans un des rares

nuages qui occupaient ce ciel artificiel.

Il me sembla voir la volute se parer d'un rose intense. Mais je mis cela sur l'inaccoutumance de mes yeux à toutes ces couleurs et lumières.

J'eus juste le temps de lui murmurer ma gratitude pour avoir mis fin au chagrin d'Albator.

« Merci infiniment. »

Alors que je pensais qu'il ne m'avait pas entendu, il ajouta la touche finale et...musicale.

[...]When the river was deep I didn't falter
Quand la rivière était profonde, je n'ai pas faibli
When the mountain was high I still believed
Quand la montagne était haute, j'ai continué à y croire
When the valley was low it didn't stop me, no no
Quand les vallées étaient profondes, je ne me suis pas arrêté, non non
I knew you were waiting.
Je savais que tu attendais
I knew you were waiting for me
Je savais que tu m'attendais [...]
(George Michael et Aretha Franklin, "I knew you were waiting for me" 1987)

Albator était aux anges. Il était face à la baie vitrée.
En réalité, face à Xéna, qui regardait dans sa direction mais

sans le voir.

Je ne savais pas quelles étaient, à ce moment-là, les pensées de mon frère mais ce dont j'étais sûr c'est que ce simulacre lui offrait un doux répit.

C'était parfait.

XXIX

A l'écart, Tammi avait assisté à la création de notre nouvel univers. Ses traits tirés contrastaient avec l'atmosphère légère qui nous entourait et je la vis jeter un regard suspicieux sur la volute qui disparaissait.

Prenant garde de ne pas déranger Albator dans sa contemplation, elle me tira discrètement le bras et chuchota.

« Viens, il faut que je te parle, c'est important !... »

Mon frère ne remarqua ni la présence de L'abeille, ni que nous allions nous éclipser, tant il était absorbé par cet univers qui lui manquait.

La musique continuait de flotter dans les airs, comme un parfum enivrant dont Albator ne se lassait pas...

[...]When the river was deep I didn't falter
Quand la rivière était profonde, je n'ai pas faibli
When the mountain was high I still believed
Quand la montagne était haute, j'ai continué à y croire
When the valley was low it didn't stop me, no no
Quand les vallées étaient profondes, je ne me suis pas arrêté, non non
I knew you were waiting.
Je savais que tu attendais
I knew you were waiting for me

Je savais que tu m'attendais [...]
(George Michael et Aretha Franklin, "I knew you were waiting for me" 1987)

...pendant que je suivais Tammi, plus intrigante que jamais...

Ici-bas avec l'auteur

A l'heure où je mets fin à ce deuxième tome et travaille déjà sur la trame du troisième, mon inquiétude est grandissante. A l'Est de notre continent, la guerre fait rage et nous sommes dans l'incertitude totale.
J'espère pouvoir, plus tard, relire ces mots en les trouvant trop alarmistes et me dire qu'on l'a échappé belle, qu'à cet homme, qui veut asservir les peuples, la raison est revenue. Alors je martèle encore ces mots, ces concepts qui ont l'air d'être si peu mais qui contribuent à la paix des esprits mais avant tout, à la paix…si fragile, même au quotidien.

Dans le premier tome "Albator ou l'Odyssée…", j'ai eu à cœur de rappeler trois concepts qui apportent du bien-être aussi bien à vous-mêmes qu'aux autres et qui font que vous avez votre conscience pour vous.

La bienveillance, c'est faire preuve de bonté, d'empathie envers une personne connue ou inconnue en prenant en considération sa dimension physique, psychologique et sociale, dans un contexte de besoin. Être bienveillant signifie ne pas être en situation de pouvoir et chercher à maintenir une situation symétrique avec l'autre, c'est à dire garder l'autre au même niveau, celui d'égalité et ne pas mettre en place, une relation dominant/dominé.

L'empathie, c'est se mettre à la place de l'autre et comprendre ce qu'il peut ressentir dans une situation donnée. Cela implique, également, de considérer l'autre dans toute sa dimension sociale, psychologique et physique.

La congruence, c'est être en accord avec soi-même et ses principes moraux, dans ses actions. Agir avec congruence, c'est choisir une ligne de conduite que l'on sera à même de défendre puisqu'on agit en fonction de ses certitudes et convictions.
La plus belle illustration de la congruence que j'ai pu trouver réside dans une magnifique citation de Gandhi, "Le bonheur, c'est lorsque vos actes sont en accord avec vos paroles."

De mon expérience personnelle, ces trois concepts vous apportent sérénité et plénitude.
Aujourd'hui, je vais ajouter deux autres points forts.

Les ressources personnelles, ce sont des moyens physiques, psychologiques, moraux que nous avons, au fond de nous-mêmes ou autour de nous, et qui nous permettent d'affronter des situations difficiles. Ces ressources peuvent être des êtres humains (famille, amis...), des animaux (chat, lapin...), des objets (grigri, doudou, bijou...), une activité sportive, artistique (peinture, théâtre, dessin, arts plastiques...), un endroit mais aussi des souvenirs, un état d'esprit... En soit, tout autant de choses qui contribuent à vous aider à aller au-delà des obstacles de la vie comme des disputes, des échecs, des examens, des problèmes familiaux, de santé...

Parfois, ces ressources suffiront à combattre ces difficultés mais à d'autres moments, vous devrez faire appel à de tierces moyens pour vous accompagner : psychologue, médecin, thérapeute.

C'est pourquoi il est important de connaître vos ressources personnelles intrinsèques afin de les mobiliser à bon escient et de savoir quand vous arrivez à épuisement de celles-ci et quand vous aurez besoin d'avoir recours à des ressources extrinsèques.

Certaines ressources personnelles seront transparentes car fondues dans votre personnalité, d'autres se rappelleront à votre bon souvenir, le moment voulu. Vous en sortirez grandi et plus fort...comme Albator !

La résilience, autre concept, est le fait de tirer partie des difficultés rencontrées pour pouvoir mieux les appréhender et les surmonter la prochaine fois qu'ils se présentent. Elle consiste, aussi, à mobiliser les nouvelles ressources et à se les approprier pour en faire une force systématique dans l'avenir. Elle permet à chacun de se protéger des aléas de la vie et de les balayer dès qu'ils se présentent en en faisant une force. Comme Albator, chaque obstacle vous permettra d'avancer même si la peur vous tenaille.

J'espère sincèrement que ces nouveaux concepts et le deuxième tome d'Albator vous aideront dans votre quotidien.

Je ne me dis toujours pas que mon ouvrage va changer le monde, néanmoins j'espère qu'il vous permettra de comprendre nos petits amis.

Les bêtises qu'ils peuvent faire sont autant d'anecdotes qui ont ensoleillé ma vie. J'aime les raconter et chacune d'elles m'a permis de mieux les connaître.

Si parmi vous, il y a des adeptes de la maniaquerie, il est peut-être sage de vous abstenir d'adopter un lapin. Les éventuels accidents des premiers jours mettront vos nerfs à rude épreuve.

Pour exemple : dans les heures qui ont suivi son arrivée, Ulysse a mangé les fils de la box et quelques mois plus tard, le fil de l'imprimante. Il prenait mes plinthes pour des friandises et je continuais à nettoyer ses petits pipis, dans les coins et à ramasser ses nombreuses crottes. Albator, lui, n'a jamais fait de telles bêtises. Les lapins ont, donc, chacun leur personnalité.

Depuis le départ d'Ulysse, c'est Zadig qui nous accompagne. Il est espiègle, vif et très affectueux. Je fais en sorte qu'il mange une grande quantité de foin au quotidien pour bien préserver sa flore bactérienne. Je lui donne des granulés (Complete, Cuni Sensitive, Versele-Laga®), des fruits en petite quantité et il a sa ration quotidienne de persil ou de fanes de carottes pour bien user ses dents.

Il est très important d'observer votre compagnon afin de constater le moindre changement de comportement chez lui car n'oublions pas qu'en tant que proie dans la nature, les lapins sont doués pour cacher leur faiblesse.

Dans la mesure du possible, choisissez un vétérinaire spécialisé en NAC (nouveaux animaux de compagnie) car, comme me l'a dit le mien, à la mort d'Ulysse, « On va pas voir un cardiologue quand on a mal au genou. Alors pourquoi aller voir un vétérinaire pour les chats et les chiens quand on a un lapin ?!!! »

Là où je vais à Nandy (77), à Exotic Clinic, ils ont le matériel adapté pour les hospitaliser et soignent exclusivement les NAC. Vous ne paierez pas plus cher et votre lapin sera en de bonnes mains. Vous lui offrirez une plus longue espérance de vie.

Il y a seulement trois cliniques françaises, exclusivement consacrées à la médecine et à la chirurgie des NAC. Recherchez donc celle qui est le plus proche de chez vous.

Et si vous êtes patient et responsable, tentez l'aventure. Vous ferez des heureux.

"[...] les élevages professionnels de lapin dits "de compagnie" peuvent être faits d'horribles cages, tout comme ceux pour la viande. Alors, avant toute envie d'acheter un lapin dans le commerce, avant toute entrée dans une animalerie, contactez plutôt une association pour envisager une adoption [...]

L'enfer ou le confort selon le hasard de leur naissance. Pensons à ces prisons infernales. Ne serait-il pas temps d'évoluer dans notre relation avec les lapins, comme avec les animaux en général? Quand on sait la souffrance que ceci génère, est-il utile de manger des lapins, d'en faire des vêtements, de tester sur eux des cosmétiques et d'en lâcher dans la nature pour les chasser au fusil?

Bon nombre d'humains refusent déjà cette souffrance et nouent des relations plus respectueuses avec les lapins domestiques. Devenus compagnons, les lapins herbivores nous ouvrent les portes du monde végétal. Face aux enjeux d'une transition naissante vers la végétalisation de notre alimentation et donc de la production agricole, peut-être nous aideront-ils à évoluer? Au fond, il n'est pas impossible que vivre avec des lapins nous rende un petit peu meilleurs."

Pierre Rigaud, page 93-94 "Étonnants lapins" Ed.Delachaux et Niestlé

Tellement bien dit...

Surtout, n'oubliez pas : un animal de compagnie, c'est un engagement. C'est aussi un être sensible et intelligent.

Pesez bien le pour et le contre avant d'en adopter un car c'est une responsabilité et non un jouet, au même titre qu'un enfant.

Et lorsque vous partez en vacances et le confiez à d'autres personnes, faites confiance à votre instinct concernant le choix de celles-ci. Moi, seul, mon frère trouve grâce à mes yeux lorsqu'il s'agit de leur garde.

Marie SOUTON, maîtresse de quatre chats et un lapin !

Bibliographie et Références
par ordre d'apparition

Chapitre I

- Odysséus : Odysseus - Encyclopédie de l'Histoire du Monde (worldhistory.org)
- Jimmy Cliff "We are all one" 2003, issu de l'album "Sunshine in the music"
  https://www.lacoccinelle.net/267963-jimmy-cliff-we-all-are-one.html

Chapitre II

- Odysséus : Odysseus - Encyclopédie de l'Histoire du Monde (worldhistory.org)

Chapitre III

- Marvin gaye "How sweet it is to be loved by you", 1964, issue de l'album sorti la même année et qui porte le même titre.
  Paroles et traduction Marvin Gaye : How Sweet It Is (to Be Loved By You) - paroles de chanson (lacoccinelle.net)

- Bernard Werber "Le livre secret des fourmis-Encyclopédie du Savoir Relatif et Absolu" 1993, Editions Albin Michel
- "Et si la Terre était unique ?" Reportage sur France 4 le 20/10/20
- Jimmy Cliff "We are all one" 2003, issu de l'album "Sunshine in the music"
  https://www.lacoccinelle.net/267963-jimmy-cliff-we-all-are-one.html

Chapitre IV
- Citation de Victor Hugo "Tu n'es plus là où tu étais, mais tu es partout là où je suis."
  https://deuil.comemo.org/-tu-n-es-plus-victor-hugo/

Chapitre V
- Exotic Clinic-Dr Christophe BULLIOT
  38 Rue d'Arqueil
  77176 NANDY
  Tél : 01 64 41 93 23
  http://exotic-clinic.fr
  Facebook : Exotic Clinic Nandy

Chapitre VII

- Extrait de "Complainte amoureuse" de Alphonse ALLAIS, Page 262 du Bescherelle collège Edition Hatier, Juin 2014
- Les valeurs du passé simple, Page 277 du Bescherelle collège Edition Hatier, Juin 2014
- Jean Racine, "Phèdre", Editions Larousse, 1990. " C'est Vénus toute entière à sa proie attachée" Acte I, Scène 3, Vers 306.
- Gloria Gaynor, "Can't take my eyes off you", 1998, issu de l'album " What a life "
  [Paroles et traduction Gloria Gaynor : Can't Take My Eyes Off Of You - paroles de chanson (lacoccinelle.net)](lacoccinelle.net)

Chapitre IX

- "Sale PIM" du Capitaine Paul Warren. Page 254-255

[…] Je jette un rapide coup d'œil au sanglier. Il est énorme, inerte, dans la boue, coincé dans un enclos qui est littéralement trop étroit pour lui. Il n'attend qu'une chose : la mort ! Vivant dans l'ennui le plus total, la pauvre bête ne vivra que très peu.

En le voyant, j'ai un flash de Cognac. Le 1er EIV a comme emblème un verrat. Les conditions de détention étant exactement les mêmes !

Il ne sortait presque jamais de la cage, il ne

bougeait pas. Certains mouraient rapidement et l'animal était « changé »comme un paillasson usé. Le verrat qui tint le moins longtemps n'était pas décédé d'une indigestion ou d'une maladie, mais d'une sodomie. Oui ! Les pilotes, pour rire un peu, voulant faire bouger l'animal, décidèrent de le motiver en lui mettant un manche à balai dans le rectum.

A la moitié du balai, l'animal se débattit férocement. Le verrat, après plusieurs jours d'agonie, décéda dans son enclos.

J'imagine, regardant le sanglier, qu'il doit subir les mêmes traitements. [...]

- Citation de Jeremy Bentham, *"La question n'est pas : Peuvent-ils raisonner ? ni : Peuvent-ils parler ? mais : Peuvent-ils souffrir ?"* https://www.petafrance.com/actualites/citations-penseurs-celebres-compris-animaux

- **Article de Référence** : 226-4 du Code Pénal

  L'introduction dans le domicile d'autrui à l'aide de manoeuvres, menaces, voies de fait ou contrainte, hors les cas où la loi le permet, est puni d'un an d'emprisonnement et de 15 000 euros d'amende. Entrée en vigueur 26 Juin 2015.

- Citation de Gandhi : "*La grandeur d'une nation et son progrès moral peuvent être jugés à la manière dont les animaux sont traités*".
  https://www.petafrance.com/actualites/citations-penseurs-celebres-compris-animaux

Chapitre X

- Et si la terre était unique, diffusé le 24/09/20 sur France 5
  <u>Citation de Michel Viso, exobiologiste CNES</u>
  "*Tout ce qui sert aussi bien dans les bactéries, dans les champignons, dans les oiseaux, que dans les baleines ou dans les plantes, tout çà s'est fait avec les mêmes choses. Nous sommes tous frères. De la plus petite des bactéries à la plus belle des girafes.*"
- Citation d'Albert Einstein : "*Notre tâche doit être de nous libérer par nous-même de cette prison en étendant notre cercle de compassion pour embrasser toute créature vivante et la nature entière dans sa beauté.*"
  https://www.petafrance.com/actualites/citations-penseurs-celebres-compris-animaux
- J. R. R. Tolkien - Le seigneur des anneaux
  "*Il y a du bon en ce monde, monsieur Frodon, et il faut se battre pour cela.*"

- Jimmy cliff, "We are all one", 2003, issu de l'album "Sunshine in the music"

  https://www.lacoccinelle.net/267963-jimmy-cliff-we-all-are-one.html

Chapitre XI
- Histoire du Border Collie, Alias Phoenix, "*Sa chair était à vif sur tout le corps, seuls quelques poils restaient sur son cou et sa tête. C'était comme si tout le bas de son squelette avait été trempé dans du décapant. C'était irréaliste.*" Chapitre VII, partie II d' "Albator ou l'Odyssée", Novembre 2021, Ed BoD
- Marvin Gaye et Tammi Terrell "Ain't no mountain high enough" 1967
- Définition : L'identité est la conscience qu'une personne a de soi-même et la rend différente par rapport aux autres.- Concept et Sens -lesdefinitions.fr/identite

Chapitre XII

- Coran, Sourate 9, At Tawbah, Verset 89

  " […] Dieu a préparé pour eux des Jardins sous lesquels coulent les ruisseaux, pour qu'ils y demeurent éternellement.[...] "

- Citation finale de "L'odyssée", film de Jérôme Salle, sorti en 2016.

  Dans son combat pour l'environnement, la plus grande victoire de Jacques Yves Cousteau sera "*en 1991, la signature d'un moratoire international afin de protéger l'Antarctique, traité international qui interdit toute exploitation des ressources naturelles du continent blanc, jusqu'en 2048. Mais ces dernières années, plusieurs pays ont réclamé l'abandon de ce moratoire, attirés par les richesses cachées sous les glaces.*"

- Coran, Sourate 17, Al Isra, Verset 13-14. Inspiration pour l'Officialis Libra.

- Psychométrie et Noétique : Citation de "The lost symbol" de Dan Brown, Saison 1, Episode 4 "La force de l'esprit"

    « […] La psychométrie, c'est la capacité d'obtenir des réponses grâce aux objets d'une personne, d'avoir des renseignements grâce à ses affaires. C'est la perception extra-sensorielle. Certains peuvent même se passer d'objets […] »

    « […] une des croyances majeures de la noétique, c'est que les informations sont collectées au-delà de l'espace et du temps, des pressentiments et de l'intuition. Par exemple, savoir que quelqu'un va appeler avant que le téléphone sonne. […]' »

Chapitre XIII

- Citation de Pablo Picasso : " Sans grande solitude, aucun travail sérieux n'est possible."

    www.espritsciencemetaphysiques.com/citations-sur-la-solitude.html

- Zazie, "Sur toi", 2001, issu de l'album "La zizanie"
- Bill Withers, "Lovely day", 1977
  https://www.lacoccinelle.net/261425-bill-withers-lovely-day.html

Chapitre XVI

- "Zadig ou la destinée" de Voltaire
- Citation de Voltaire : "*On peut juger du caractère des hommes par leurs entreprises.*"
  http://evene.lefigaro.fr toutes les citations de voltaire
- "*Zadig est présenté comme un sage. En effet, il possède de nombreuses qualités humaines (compassion, honnêteté, sens de la justice et de la morale…) et est un homme qui tend à maîtriser au mieux ses passions.*
  [...]De plus, il est physiquement beau, et jeune.
  En somme, Zadig est un héros idéalisé, mais aussi idéaliste […]
  Zadig recherche la vérité partout et aspire à un monde juste et parfait.
  Cependant [...]dès le début du conte, il a du mal à accepter le fossé qui existe entre son idéal du monde et la réalité de celui-ci. [...]

[...] Il traverse donc des épreuves multiples comme la trahison, l'esclavage [...], la prison [...], la jalousie… La Providence s'acharne sur lui. Ces épreuves sont les étapes de son apprentissage du monde. Il doit donc accepter le monde avec le mal qui existe en lui.[...] le fossé qui existe entre son idéal du monde et la réalité de celui-ci. [...]"
https://www.etudier.com/fiches-de-lecture/zadig/presentation-des-personnages/

Chapitre XVII
- "La porte de l'enfer" de Rodin, Bronze exécuté entre 1880 et 1890, exposé au Musée Rodin
- Coran, Sourate 7, Al Aâraf, Verset 46-48
- Coran, Sourate 57, Al Hadid, Verset 13

Chapitre XVIII
- Roger Glover, "Love is all", 1974, issu de l'album "The Butterflies Band and the Grasshopper's Feast"
https://www.lacoccinelle.net/249357-roger-glover-love-is-all.html

Chapitre XIX
- Roger Glover, "Love is all", 1974, issu de l'album "The Butterflies Band and the Grasshopper's Feast" https://www.lacoccinelle.net/249357-roger-glover-love-is-all.html
- Thés et Infusions sur mesure de la Maison Délozé, maisondeloze.com

Chapitre XX
- Reportage "Sabrina krief, sur la piste des chimpanzés",
  Auteur : France Inter, Réalisateur : Daniel Fiévet. Dans le "13h15" du samedi 15 Janvier 2022 sur France 2.

Chapitre XXII
- "Kingston Town" de UB40, 1989, issu de l'Album Labour of Love II
- "Trois ans et plus si affinités…" de Marie SOUTON, Editions Librinova, Page 132.

Chapitre XXIII
- "Tchernobyl" mini-série télévisée dramatique historique britannico-américaine en cinq épisodes créée et écrite par Craig Mazin, réalisée par Johan Renck, diffusée sur M6 en mai-juin 2021.

Chapitre XXV et XXVI

- Aretha Franklin et Georges Michael "I knew you were waiting for me", 1987, Album "Aretha" label Arista

    Paroles et traduction George Michael : I Knew You Were Waiting (For Me) (Ft. Aretha Franklin) - paroles de chanson (lacoccinelle.net)

Ici-bas avec l'auteur

- Citation de Gandhi : "Le bonheur, c'est lorsque vos actes sont en accord avec vos paroles".

https://citations.ouest-france.fr/citation-gandhi/bonheur-lorsque-vos-actes-sont-33363.html

- Exotic Clinic-Dr Christophe BULLIOT
  38 Rue d'Arqueil
  77176 NANDY
  Tél : 01 64 41 93 23
  http://exotic-clinic.fr
  Facebook : Exotic Clinic Nandy

C'est *"l'une des trois cliniques françaises exclusivement consacrées à la médecine et à la chirurgie des Nouveaux Animaux de Compagnie, petits mammifères, reptiles, et amphibiens. Aucun chient et chat ne sera consulté."*

(Brochure "Bien accueillir votre lapin ou votre rongeur" par le Dr Christophe Bulliot)

- Pierre Rigaud, page 93-94 "Étonnants lapins" Ed.Delachaux et Niestlé

Remerciements

A Mes parents et Chantal pour leur soutien sans faille,

A mon frère et Sarah pour leur dévouement sans limite,

A ma sœur pour sa légèreté,

A Fanny et Sandra Paris, mes bonnes fées,

A Koudé et Hélène, mes petits soleils,

A Mme Monsoreau et Mme Perez-Cruz, les inoubliables,

A Hélène, la maman, pour sa spiritualité,

A mes quatre chats et mes lapins d'ici-bas et de là-haut,

Et à ma fille, Cassandre, qui est toujours dans mon cœur.

Vous pouvez évidemment me suivre sur Instagram

Et sur mon site www.marie-souton-auteur.com

A bientôt !